KB075910

검은
섬

THE BLACK ISLAND

검은 섬

이미령 SF 스릴러

고즈넉 아엔티 GOZKNOCK ENT

검은 섬

초판 1쇄 발행 2019년 4월 29일

지은이 이미령
펴낸이 배선아
펴낸곳 (주)고즈넉이엔티

출판등록 2017년 3월 13일 제2018-000115호
주소 서울시 중구 퇴계로26길 52 1층
대표전화 02-6269-8166 **팩스** 02-6166-9199
이메일 gozknock@naver.com

ⓒ 이미령, 2019
ISBN 979-11-6316-048-9 03810

이 도서의 국립중앙도서관 출판예정도서목록(CIP)은 서지정보유통지원시스템
홈페이지(http://seoji.nl.go.kr)와 국가자료공동목록시스템(http://www.nl.go.kr/kolisnet)에서
이용하실 수 있습니다. (CIP제어번호: CIP2019015878)

더 이상 발버둥을 칠 기운도 없었다.

나는 힘을 빼고 물살에 몸을 맡겼다. 썰물이 맹렬하게 빠져나가면서,

작고 가느다란 손목이 떠밀려 가는 모습을 본 듯했다.

0

먹구름으로 뒤덮인 하늘.

비와 먼지를 머금은 구름들은 마치 살아있는 것처럼 꿈틀거리며 산맥 저편에서 쉴 새 없이 몰려왔고, 태양이 차단된 대지는 보는 이로 하여금 암울한 감정만을 불러일으켰다. 그러나 지상의 빛이 모두 사라진 것은 아니었다. 먹구름 사이로 계속해서 번쩍거리는 전류의 그물들이, 대지 위의 것들을 끊임없이 감광시키고 있었다.

거울로 뒤덮인, 양끝이 뾰족한 타원형 비행물체가 그 사이를 뚫고 빠른 속도로 날아왔다.

표면의 거울이 주변의 모든 것을 팅겨내고 있었으므로 비행물체는 눈에 띄지 않았다.

그것은 전류의 그물을 간단히 빠져나갔고, 무딘 칼처럼 허공을 가르며 비행을 하다가 바다 위의 섬 하나를 발견해냈다. 비행물체는 착륙을 시도하려는 듯 여러 차례 섬의 상공을 선회했다. 마침내 좌표가 일치한다는 메시지를 확인한 조종사가 버튼을 눌렀다. 그러자 비행물체는 섬 중앙의 숲속, 붉은 점을 향해 조심스레 내려앉기 시작했다.

지면 가까이 다다라서도 비행물체에서 소음은 전혀 나지 않았다. 다만 주변의 나무들이 기류에 의해 가지를 세게 흔들었고, 연약한 가지들은 기류의 반대 방향으로 목을 꺾었다. 들짐승과 새들이 기겁하며 달아날 법도 한데 주변은 잠잠하기만 했다. 전류의 그물은 여전히 번쩍거렸다.

착지한 이후로 한동안 꼼짝하지 않고 있던 물체는, 침묵을 뚫고 문을 열었다. 문과 지면은 1미터 정도 떠 있었고, 주황색 유니폼을 입은 사람들이 연달아 지면으로 뛰어 내렸다.

그들은 유니폼과 같은 색의 헬멧과 부츠, 장갑을 착용하고 있었으며 각종 장비들로 무장하고 있었는데 베테랑들인 듯, 한 치의 머뭇거림 없이 바로 정면에 보이는 길을 따라 수색을 시작했다. 길이 끝나는 곳은 덤불로 뒤덮여 있었다.

오래된 성전이 숨겨져 있을 것 같은 장소였지만, 수색대가 찾아낸 것은 짙은 회색의 돔형 건물이었다.

세월과 전류가 부식시킨 건물은 빙산의 일각에 불과했다. 드러나지 않은 부분은 얼마나 될지 짐작조차 어려웠다. 구조물은 섬에 처박아놓기엔 지나치게 거대하고 튼튼했다.

이끼로 뒤덮인 유리창을 발견한 대장이, 장갑을 낀 손으로 여러 차례 표면을 닦아냈다. 그들은 건물을 찾아내는 데 만족하지 않고 안으로의 진입을 원하고 있었다.

머지않아 한 요원이 출입구를 찾는 데 성공했다. 여러 요원들이 그쪽으로 달려왔다. 대장이 고개를 끄덕이자 요원이 손잡이를 돌렸다. 그러나 문은 안쪽에서 단단히 잠겨 있었다. 다음 행동에 대한 지시를 받기 위해 요원은 대장에게로 고개를 돌렸다.

대장이 양쪽에 서 있던 둘에게 몸짓을 보냈다.

그들은 등 뒤의 배낭에서 발이 여러 개 달린 납작한 물체를 꺼내, 문의 네 모서리에다 각각 부착했다. 몇 발짝 뒤로 물러선 요원들은 폭발음과 함께 오랫동안 정체를 감추고 있던 외벽이 터져 나오는 모습을 가만히 지켜보았다.

내부는 칠흑처럼 어두웠지만, 요원들은 망설이지 않았다. 그들은 탐지기와 손전등을 켜고 차례대로 어둠 속으로 진입했다.

만일 그들이 맨얼굴 그대로를 내놓았다면 내부에 고여 있던 습기와 곰팡이, 녹슨 냄새, 알 수 없는 악취가 한꺼번에 밀려든 탓에 숨 쉬기도 어려웠을지 모른다. 헬멧 내부의 모니터에는 산소 농도 외에도 착용한 복장에 사용되는 배터리의 잔량, 방사능 농도 따위가 지속적으로 반영되고 있었다.

복도를 따라 수많은 병실들이 보였고, 요원들은 탐지기로 병실 하나하나를 수색했다. 병실 내부의 풍경은 비슷비슷했다.

바닥과 벽면, 텅 빈 침대, 피복이 모두 녹아내려 섬유만 남아버린 전선 다발, 정체를 모를 뼛조각들. 만일 수색 작업이 몇 십 년 정도 더 빨랐다면 한층 더 끔찍했을 풍경들이었다.

수색대는 채집통에 그것들 중 일부를 조심스럽게 옮겨 담았다.

시간이 꽤 오래 지났으나 약간씩 위치만 바뀐 것에 불과한 폐허의 흔적들이 반복됐다. 건물은 지하를 포함하여 무려 13층에 달했다.

그러나 요원들은 이런 작업이 익숙한 듯했다. 그들은 신속하고도 끈질기게 건물의 내부를 금세 파악했고, 비상계단을 따라 다음 층으로 옮겨가며 지루한 채집 작업을 이어 나갔다.

아래로 내려갈수록 기분 탓인지 어둠은 더욱 짙어지는 듯했다. 이제는 병실이 아닌, 용도를 조금씩 달리하는 방들이 복도를 메우고 있었다. 약품 상자들, 말라죽은 식물들, 검녹색의 포자로 뒤덮인 포장용기 속의 찌꺼기들.

수색의 발실이 멈춰진 건 마지막 층에서였다.

마지막 층은 중앙 홀을 중심으로 칸막이 방들이 원형으로 자리 잡고 있었다.

쭈글쭈글하게 녹아내린 난간과 움푹 파인 벽, 그을음, 형체를 알아볼 수 없게 분해된 의자와 모니터들, 사람의 팔과 다리를 닮은 기계 더미들, 아직도 귀에 쟁쟁하게 들려오는 듯한, 음이 소거된 비명들.

지독한 싸움이 벌어진 듯한 흔적으로밖엔 해석되지 않는 풍경들 앞에서도 그들은 굴하지 않았다. 각각의 요원들이 칸막이 너머의 방 하나씩을 맡았다.

방에 들어서자마자 미끄러진 요원이 있었다. 그는 물기로 인해 기울어진 바닥을 따라 곧장 구멍 속으로 추락할 뻔했다. 비명을 지를 틈도 없었다. 다행히 추락 직전에 그는 바닥에 튀어나온 철근을 붙들었다.

철근은 위태롭긴 했지만 그의 몸을 기댈 정도로는 굳건했다. 바닥의 한쪽이 완전히 무너져 있었고, 바닥을 통해 시커먼 물이 가득 찬 아래층이 내려다 보였다. 무서운 얼굴이 금방이라도 수면 위로 솟아오를 것 같은 기분이었다.

그는 균형을 되찾으려고 다시금 철근을 붙들고 일어섰다. 그러나 문 쪽으로 되돌아가는 길은 너무도 미끄러웠기에 그는 맞은편에 겨우 엉덩이를 걸칠 수 있을 만큼의 구석진 자리로 이동할 수밖에 없었다. 요원이 손목을 누르자 푸른 동그라미가 점멸했다.

'고립됨, 바닥 훼손이 심하니 문 바깥에서 대기 후 지원 바람.'

요원이 뒤이어 자신의 위치를 전송했다. 건물의 곳곳에서 수색 작업을 하던 요원들이 일제히 모여들었다. 요원들은 문 바깥에서 즉시 구출 계획을 세웠다. 그들은 합심하여 로프를 길게 이었고, 대략 그의 허리둘레만큼의 고리를 만들어 던질 준비를 했다.

고립된 요원은 그들의 작업을 지켜볼 여력이 없었다. 찰랑거리는 시커먼 물에서, 눈길을 뗄 수가 없었기 때문이다. 금방이라도 뭔가가 튀어나올 듯했다. 문득 앉은 자리에서 부스러기가 아래층으로 떨어져 내리기 시작했다. 금이 가고 있는 걸까. 차라리 철근 위에서 버티고 있는 편이 나았을지도 모른다는 생각에 숨이 절로 가빠졌다.

'지금이야.'

로프가 그를 향해 날아왔다. 요원은 재빨리 그 끝을 붙들었다. 허리에 로프를 감고 안도가 밀려든 순간, 앉은 자리가 와르르 무너져 내렸다. 그의 몸은 순식간에 아래로 미끄러졌다. 그는 자기도 모르게 버둥거렸다. 무너진 벽면에 그의 몸이 사정없이 부딪혔다.

악물린 입가로 신음이 비어져 나왔다. 헬멧 어딘가가 부서진 모양이었다. 귓전에 테스트에서 수없이 들었던, 경고음이 울리기 시작했다. 남은 시간이 얼마 없을 듯했다.

'움직이지 마. 금방이야.'

대장의 메시지가 그에게 전달됐다.

그는 사지에 힘을 빼고 로프에 몸을 맡겼다. 그때 아래층 무너진

가구들 틈으로, 번쩍이는 푸른빛이 눈길을 끌었다. 직감이 그를 인도했다.

'잠깐만요. 뭔가가 있어요.'

그는 두 다리를 모으고 힘을 주어 벽면을 디뎠다. 반대편을 향해서 활처럼 몸이 휘었다.

그는 푸른빛을 향해 있는 힘을 다해 팔을 뻗었다. 아직은 부족했다. 한 번 더. 도약에 성공한 그의 팔이 간신히 목표물에 다다랐다. 찌그러진 컨테이너의 뚫린 자리에는 그들이 찾던 물건이 있었다.

동그란 유리 조각들.

동전처럼 보이는 그 조각의 한가운데는 지름이 1센티미터도 되지 않을 듯한 동그란 은회색 플래터가 특유의 무지갯빛으로 번득였고, 가장자리 역시 은회색으로 마감이 돼 있었다. 그러나 그것들 전부를 거머쥘 순 없었다. 요원의 손에 남은 건 고작 두 개의 유리 조각뿐이었다.

대장은 구출된 요원에게로 다가갔다. 그는 다른 동료들에게 부축을 받은 채로 대장에게 그것들을 건넸다. 대장은 그 중 하나를 엄지와 검지로 집어 올렸다. 상태는 새것처럼 깨끗했다.

다시, 모든 것을 시작할 수 있을 듯했다.

1

일어나.

누군가가 귀에 대고 속삭였다.

일어나야 해, 지금 당장.

나는 눈을 떴다. 눈을 떴음에도 불구하고 한동안 아무것도 보이지 않았다. 심해에서 막 수면 위로 올라온 사람처럼 속이 울렁거렸다. 손바닥으로 눈두덩을 번갈아가며 눌렀다. 숨을 쉬는 게 너무 힘들었다.

여긴 어디일까.

머리맡에 흐릿한 조명이 켜져 있었다. 서서히 주변 풍경이 눈에 들어오기 시작했다. 마른기침을 하면서 사방을 두리번거렸다. 어젯밤 내가 잠들었던 장소가 아니었다. 낯선 병실이었다. 침대, 캐비닛, 꽃병이 보였다. 화장실로 짐작되는 부스도 눈에 들어왔다.

고개를 돌릴 때마다 뭔가가 따라서 움직였다.

왼쪽 팔의 팔꿈치와 손목 사이가 붕대로 둘둘 감겨 있었다.

상처가 욱신거리는 느낌이 들었지만 어쩌다 다친 것인지 기억이 나지 않았다.

손가락으로 뒤통수를 더듬자 굵은 전선이 만져졌다. 내 몸에 직접 전선이 연결돼 있다는 사실이 놀라웠다. 겨우 손바닥에 들어올 것처럼 굵다란 전선은 머리맡에 있는 기계로 이어지고 있었다.

계기판에서 보라색의 불빛이 번득거렸고, 모스 부호 같은 소리가 나지막이 새어 나오고 있었다. 뭘 하는 기계인지는 몰라도 왠지 모르게 낯이 익었다.

낯이 익다니?

하지만 떠오르는 건 없었다. 머릿속이 텅 비어버린 듯했다. 누군가가 내 기억을 모조리 훔쳐간 것처럼. 나는 하얀색의 환자복을 입고 침대에 누워 있는 신세였고, 도무지 무엇 때문에 병원에 왔는지도 기억에 없었다.

병에 걸리거나, 사고를 당한 것일까?

역시나 떠오르는 건 없었다. 속이 좀 쓰리기는 했지만 그 외에 특별히 어디가 아프지는 않았다. 관절들의 움직임이 어색하게 느껴질 뿐.

고개를 돌리자 저만치 병실의 미닫이문이 보였다.

8자가 가로로 누운 것 같은 무늬가 새겨져 있었다. 무한대를 의미하는 기호였다. 어디에서 본 것 같았지만 그냥 느낌일 뿐이었다. 무슨 병원이기에 저런 의미심장한 기호를 새겨놓은 것인지 의아했다.

병실 문의 절반은 커다란 유리창이었다. 유리창은 검정색으로 번들거렸고 아무것도 보이지 않았다. 복도의 불이 꺼져 있는 모양이었다.

시간이 흐르자 스멀스멀 밀려드는 불길한 예감이 눈덩이처럼 불어났다.

내가 깨어났다는 사실을 아무도 모른다…….

그렇게 생각하자 일 초도 더 누워 있을 수가 없었다. 나는 뒤통수에 달린 전선을 붙들었다. 미세한 전류 때문에 손바닥이 아릿했다. 이리저리 끝을 비틀어서 돌리자 전선이 쑥 뽑혀 나왔다. 기계에서 삑삑거리는 경고음이 울리기 시작했다.

반사적으로 일어나려 했지만 뜻대로 되지는 않았다. 꼭 물속에서 움직이는 것 같았다. 나는 침대 난간을 꽉 붙들었다. 손아귀에 느껴지는 감촉이 낯설었다. 얼마나 오랫동안 정신을 잃고 누워 있었는지 모를 일이었다.

경고음이 계속해서 귀를 자극했다.

나는 이를 악물고 침대에서 일어났다. 병원용 슬리퍼가 한 켤레 놓여 있었다. 슬리퍼를 신고 지면에 내려서자마자 중심을 잃고 넘어질 뻔했다. 처음으로 두 발을 움직이기라도 한 것처럼. 하지만 걸을 수 없을 정도는 아니었다. 허리와 발바닥에 힘을 주고 한 걸음 한 걸음 중력을 버텼다. 점점 동작이 빠르고 가벼워지기 시작했다.

기계에는 수많은 버튼이 달려 있었다. 이것저것 건드려봤지만 알람은 그치지 않았다. 왠지 작동 방법을 알고 있었는데 잊어버린 것 같다는 생각이 들었다. 쭈그려 앉아 기계 뒤편을 살피자 다행히 전원 플러그가 보였다.

퓨슉, 하고 바람이 새어나가는 것 같은 소리가 나더니 기계가 멈췄다.

나는 선 채로 전선이 연결돼 있던 뒤통수를 손바닥으로 더듬어보았다. 금속 고리 같은 것이 아주 깊숙이 박혀 있었다. 대체 무슨 수술을 받은 걸까. 어디가 아픈 것인지는 몰라도 치료를 위해 꼭 필요한 조치는 아닌 것 같았다. 정신을 잃은 사이에 이런 물건을 함부로 달아놓다니 불쾌했다.

두 다리가 후들거렸다. 무중력 상태에 빠진 우주인이라도 된 기분이었다. 도로 침대에 눕고 싶지는 않았다. 나는 병실 문으로 걸음을 옮기기 시작했다.

머릿속은 뿌연 앙금이 가라앉아 있는 물병 같았다.

병실 문에 달린 까만 유리창 앞에 서자 내 모습이 유령처럼 흐릿하게 비춰졌다.

다음 순간 문이 잠겨 있다는 사실을 깨달았다.

어떻게 된 거지?

홈에다 손가락을 걸고 세게 밀어보았지만 문은 꼼짝도 하지 않았다. 문 옆에 달린 직사각형 스크린이 눈길을 끌었다. 검지를 갖다 대자 컴컴했던 화면에 불쑥 시간이 떠올랐다.

[06:35:00]

시간은 거꾸로 카운트 다운되고 있었다.

"아무도 없습니까? 여기요!"

쾅쾅 문을 두들기고는 유리창에다 얼굴을 바싹 갖다 붙였다. 병실 유리창에 입김이 닿은 부분이 금세 흐려졌다. 나는 소매로 유리창을 문질러댔다.

복도는 캄캄했다. 바닥을 따라서 작은 점선처럼 보이는 조명이 켜져 있긴 했지만 복도에 뭐가 있는지 알아볼 정도는 아니었다. 한 번 더 문을 두들기며 고함을 질렀다. 누군가 달려오기를 기대했지만 아무런 소리도 들리지 않았다.

그때 거리를 가늠할 수 없는 곳에서, 사람이 울부짖는 듯한 소리가 들렸다. 병원 어딘가에서 들리는 것 같았다.

마른침을 삼키며 귀를 기울였다.

다시 한 번 그 소리가 들렸다. 이번에는 좀 더 길게.

내가 낸 소리에 대한 응답일까? 아니면 고통을 참지 못한 환자가 내지르는 소리일까? 어찌됐건 나 외에 사람이 있기는 하다는 뜻이었다. 나는 다시금 문을 두들겨댔다. 그러나 복도를 달려오는 발걸음 소리는 들리지 않았다. 스멀스멀 피어오르던 불안감은 어느새 극에 달하고 있었다. 스크린 속 시간은 계속해서 줄어들고 있었다.

[06:33:45]

문을 두드리는 일을 멈출 수가 없었다.

어느새 내 몸은 온통 땀으로 뒤덮였다. 다리에 힘이 풀려 더는 서 있기도 힘들었다. 비명소리는 더 이상 들리지 않았다. 고통이 지나가고 편안해졌기 때문인지, 고통의 한계를 넘어서서 비명조차 지를 수 없게 된 건지는 알 수 없었다.

문짝에 기댄 채로 나는 스르르 바닥에 주저앉았다. 심호흡을 하며 마음을 가라앉혔다. 이런 방법으로는 문을 열 수 없을 터였다. 문득 스크린 속의 시간이 지나면 자동으로 문이 열리게 해둔 건 아닐까 하는 생각이 들었다. 그러나 그렇게 해둔 이유가 무엇인지는 짐작도 가지 않았다. 이유가 뭐였든 여섯 시간 넘도록 병실에 갇혀 있기는 싫었다.

문득 침대 옆 커튼이 눈에 들어왔다.

창문…….

나는 벌떡 일어나 병실 침대로 다가갔다. 침대 옆에 달린 커튼을 홱 소리 나게 젖혔다. 일 층 병실이라면 창문을 여는 것만으로 충분히 빠져나갈 수 있을 것이다. 그러나 창틀을 잡으려는 순간, 손이 저절로 굳어졌다.

아무것도 잡히지 않았다.

눈으로만 보아선 아무런 이상이 없었다. 창문 너머 펼쳐진 건 전형적인 섬의 밤 풍경이었으니까. 저만치 불이 켜진 등대가 보이고, 수면에는 달빛이 반짝이고, 부드러운 바람이 불자 뒤뜰의 나무 그림자가 흔들리는 것까지 보였다. 그러나 진짜 창문이 아니었다.

모니터 속으로 흘러가는 풍경이었을 뿐.

등줄기를 타고 불쾌한 전류가 흘렀다. 문은 그렇다 치고 창문은 왜 없는 것인지, 나로서는 이해할 수 없었다. 설마 바깥으로 도망칠까 봐 아예 창문을 만들지 않은 것은 아닐까? 가슴이 순식간에 싸늘해졌다.

나를 왜 가둔 것일까. 다른 환자들도 나처럼 갇혀 있을까. 병실에 일부러 가둬야 했다면, 단순히 환자가 아니라는 의미가 덧붙여진다. 그렇게 생각하자 당장 여기서 나가고 싶었다.

나는 병실 안을 두리번거렸다. 탁자에 놓인 무언가가 눈에 들어왔다. 가방이었다. 저 가방 안에 쓸 만한 것이 있을지도 몰랐다.

지퍼를 여는 순간 곰팡내가 콧속으로 밀려들었다. 기침을 하며 어두컴컴한 가방 속을 살폈지만 아무것도 보이지 않았다. 나는 침대 위에 가방을 거꾸로 들고 탈탈 털었다. 다행히 내 것으로 짐작되는 휴대폰이 툭 떨어져 내렸다. 그러나 뒤집혀진 휴대폰을 들고 전원 버튼을 누르려는 순간, 눈앞이 아찔해졌다.

"이게 대체……."

휴대폰 화면에 금이 가 있었다.

혹시나 하는 마음에 전원 버튼을 꾹 눌렀지만 화면은 켜지지 않았다. 배터리를 충전해보아야 확실히 알 수 있겠지만 당장은 켜질 일이 없을 것 같았다. 가방 안을 다시 들여다보았지만 망가진 휴대폰 외에는 아무것도 없었다. 이상한 일이었다. 게다가 이게 내 가방인지, 내 휴대폰인지조차 불확실했다.

병실에는 전화기가 없을까?

침대 옆의 탁자가 휑하니 비어 있었다.

꼼짝 없이 여기서 기다려야 한다는 생각이 들어 허탈감이 밀려든 순간, 탁자 위쪽에 달린 붉은색 호출 버튼이 눈길을 끌었다.

버튼 아래에는 조그마한 스피커가 달려 있었다. 나는 무작정 호출 버튼을 눌렀다.

지이잉, 하는 소리가 들리더니 스피커에서 연결음이 흘러나왔다.

곧이어 달칵 하는 소리가 들렸다.

"누구 없어요?"

지금이 한밤중이라 하더라도 여기가 병원이라면 야간 대기 중인 직원이 있을 것이다. 아프다고 호소해볼까. 못 견디게 아프니까 어서 와 달라고.

"내가 지금 힘듭니다. 도와주세요!"

그러나 잡음만 계속될 뿐 일 분이 지나도록 대답은 돌아오지 않았다.

"이 병원에 아무도 없냐고!"

스피커에 대고 소리를 질렀지만 여전히 대답은 없었다.

잠시 후 달칵, 하는 소리가 나더니 스피커에서 나던 잡음이 완전히 끊어졌다. 한 번 더 호출 버튼을 눌렀지만 이번에는 연결음조차도 나지 않았다.

잡음이 멈추었다는 건 인위적인 작동일 수도 있고, 그렇지 않을 수도 있다. 만약 내 목소리를 듣고서도 대답을 하지 않는 거라면, 지금 당장은 내가 뭘 해도 소용이 없다는 뜻일 것이다.

스크린 속의 시간은 이제 두 시간 남짓 남았다. 결국 스크린 속의 시간이 모두 경과하여 정말로 문이 열리거나, 누군가가 나를 찾아오기 전까지는 꼼짝없이 갇혀 있어야만 할 거란 생각이 들었다.

그러나 얌전히 있는 것 외에 다른 방법은 정말 없을까.

나는 침대에 털썩 주저앉았다. 입이 바싹 말라왔다.

갑자기 팔목을 꽉 조인 붕대가 갑갑하게 느껴졌다. 상처를 입었는데도 이유를 모르고 있다는 데 생각이 미치자 갑자기 불안해졌다. 나는 충동적으로 반창고로 뒤덮인 붕대를 풀어 헤치기 시작했다. 약품 냄새와 함께 시큼한 땀 냄새가 풍겼다.

덜컥 가슴이 내려앉았다. 나는 상처를 다시 바라보았다. 사람의 이빨 자국이었다. 혈관이 파열되고 살점이 떨어져 나갈 정도로 세게 물어뜯은 자국. 위치와 각도로 봐서는 명백한 자해의 흔적이었다. 눈으로 보고서도 믿기지가 않았다. 도대체 스스로에게 무슨 짓을 저지른 것일까?

너무 끔찍해서 지켜볼 수가 없었다. 떨리는 손으로 붕대를 도로 질끈 묶었다. 커튼 너머 화면에는 이국적인 가짜 밤풍경이 재생되고 있었다. 멀리 서 있는 등대가 불빛을 이리저리 내쏘고 있는 장면이 되풀이되었다. 머릿속이 멍했다.

이 상처, 내가 그랬을 리가 없다. 하지만 어렴풋이 내가 한 일이 맞다는 것도 알고 있었다. 그렇다면 이 정도의 상처를 스스로에게 입히고도 그걸 기억하지 못하고 있다는 소리였다. 어젯밤 숙소에서는 이런 상처가 전혀 없었는데 도대체…….

어젯밤……? 숙소……?

머릿속이 새하얘졌다.

희미한 기억의 수면 위로 뭔가가 꿈틀대는가 싶더니, 폭발적으로 기억들이 솟구치기 시작했다. 나는 눈을 부릅뜬 채 그대로 정지해버렸다.

캐리어를 끌고 공항을 빠져나오는 아내와 나.

선착장에서 손을 흔들면서 우리를 맞이하던 선배.

한 시간 동안이나 물살을 가르면서 달리던 작은 쾌속선.

그랬다. 아내와 나는 선배의 초대를 받고, 섬으로 사흘간의 여행을 떠나왔었다.

"정말 이런 곳에서 지내신단 말씀이죠?"

"너도 그러고 싶을걸? 해안도로 따라서 드라이브를 하면 세상 부러울 게 없지."

우리 부부는 선배의 차를 타고 섬의 이곳저곳을 구경했다. 어딜 가든 귀족처럼 대접을 받았다. 반팔에 반바지 차림으로 돌아다니면서 선탠을 즐겼다. 선인장, 야자수, 과일 트럭, 그물을 손질하는 어부들……. 빨리 감기 버튼을 누른 것처럼 장면들은 흘러갔다. 어느덧 어젯밤 숙소에서, 침대에 나란히 누운 우리 부부의 모습이 보였다. 우리는 내일 오전 일정을 마치고 돌아가기로 되어 있었다.

"오빠, 정말…… 여기로 올 거야?"

"그랬으면 좋겠어?"

아내는 고개를 끄덕였고, 내 품을 파고들었다. 가슴속이 희망으로 부풀었다. 우리 부부가 새로운 삶을 살 수 있는 기회가 눈앞에 있었다. 그게 바로 잠들기 직전의 일이었다. 그런데……. 그런데 느닷없이 왜 병실에서 깨어난 것일까. 마치 그 모든 게 환상이었다는 듯이.

차가운 현실이 눈앞으로 다가들었다.

아내는 어디 있을까.

가슴이 꽉 막히는 기분이었다. 혹시라도 아내가 나처럼 이 병원 어딘가에 감금되어 있는 것은 아닐지 불안했다. 충분히 그럴 가능성이 있었다. 내가 정상적인 절차를 통해 병원에 온 것이라면, 아내는 분명 내 곁을 지키고 있었을 테니까. 무엇보다 수술을 하려면 보호자의 동의도 필수일 터였다. 가슴이 뻐근해서 더 이상 생각을 이어나가기 힘들었다. 만일 그게 사실이라면, 아내를 여기로 데리고 온 나 자신을 용서할 수 없을 것이다.

그때 선배의 제안을 거절했더라면…….

나는 입술을 깨물었다.

몇 달 전의 일이었다. 퇴근을 앞두고 다짜고짜 연구실로 대학 선배의 전화가 걸려왔다. 오직 나를 만나기 위해 한국을 방문했다는 것이다. 몇 년 동안이나 연락이 끊겼던 사이라 의아했다. 선배가 해외로 나간 지 벌써 십 년 정도의 시간이 훌쩍 지나 있었다.

"나와 줘서 고마워."

"어떻게 지냈어, 형? 살아는 있었던 거야?"

조용하고 아늑한 바였다. 선배는 겸연쩍은 미소를 띠면서 양주를 잔에 따라주었다. 그는 번듯한 옷차림에 비싸 보이는 시계를 차고 있었지만 그리 행복한 기색은 아니었다.

그것 역시 의아했다. 간간히 들은 바에 의하면 선배는 무척이나 잘나가는 삶을 살고 있었다. 세계적인 생명공학 기업에 입사했고, 차세대 인공지능 개발을 주도적으로 진행해 큰돈을 벌었다고 했다. 그에 반해 나는 별 볼 일 없는 상태였다. 대학원 시절에는 뇌신경의 데이터베이스화를 주제로 한 논문들로 주목을 받으며 해외 기업에서 러브콜을 받았지만, 가족들과 해외로 떠돌거나 일에만 몰두하는 삶은 내키지 않았다. 선배는 그렇게 국내 대학의 연구실에 남은 나와는 완전히 대조적인 삶을 살아가고 있었다.

"날 좀 도와줬으면 좋겠다. 아니, 꼭 좀 도와줘."

부어라 마셔라 하던 중에 선배가 고개를 푹 숙이면서 내 손을 그러잡았다. 선배가 그런 식으로 감정을 드러낸 것은 처음이기에 나는 깜짝 놀랐다. 선배는 지금 보안상의 이유로 외딴 섬에 설립한 기업부설 연구소에서 일하는 중이라고 했다. 그런데 새로운 프로젝트를 진행하던 중 심각한 문제가 생겼다는 것이다. 해결책은커녕 원인 파악도 어려운 상황이라고 했다.

"연구진의 수준이 어마어마할 텐데 어떻게……."

"자세한 건 기밀이라 계약 후에나 설명해줄 수 있어. 그동안 네가

발표한 논문들을 모두 살펴봤어. 일을 바로잡으려면…… 네가 지금
껏 쌓아온 경험과 능력이 절대적으로 필요해."

나는 섣부른 대답 대신 그가 계산하기로 되어 있는 양주를 단숨
에 들이켰다. 선배가 제안한 액수도 액수였지만, 앞으로 내가 계획
하는 연구라면 무조건적인 지원이 가능하다는 말이 더욱 마음을 흔
들었다. 심장이 벌렁거려 숨을 제대로 쉴 수 없을 정도였다.

"제수씨하고 여행 삼아 한번 놀러오는 건 이때? 비용 걱정은 말고."

원래는 홀로 다녀올 생각이었다. 그동안 아내는 바닷가라면 기겁
을 하며 피해왔기 때문이다. 그러나 제안을 거절할 줄 알았던 아내
는, 뜻밖에도 환하게 웃었다. 자신도 꼭 가고 싶다는 것이다. 그리고
그곳에서 들려줄 좋은 소식이 있다는 것이었다. 무슨 소식인지 궁
금했지만 아내는 조금만 더 기다려 달라며 고백을 미루었다.

마침내 해가 질 무렵 말할 결심이 섰는지 아내는 바닷가로 산책
을 가자며 나를 이끌었다.

아내와 나는 손을 맞잡고 천천히 해변을 걸었다.

그 일이 있고 나서 바닷가에 와본 것은 처음이었다.

바다는 태양빛에 반사되어 일제히 빛을 발했다.

저 바닷물 속에 우리 아이가 잠들어 있다…….

우리는 해안선 안쪽의 나무 등걸에 걸터앉아 그 모습을 바라보았
다. 이름 모를 새가 지저귀는 소리, 거품을 일으키며 부서지는 파도
소리가 들렸다. 아내가 말없이 내게 몸을 기대왔다. 나는 집에 돌아
가는 대로 연구소 일을 맡을 거라고 말할 작정이었다. 이제 지난 일
은 잊고 새로운 곳에서 새롭게 시작할 시간이었다.

아내는 내 손을 끌어다가 자신의 아랫배에 가져다 댔다.

나는 아내의 눈동자를 들여다보았다.

아내가 고개를 끄덕였다.

그것만으로도 모든 것을 알 수 있었다. 목구멍이 뜨거워졌다. 우리는 서로를 껴안은 채로 한동안 움직이지 않았다. 우리가 첫째를 잃은 지 어느새 십 수 년이 흘렀다. 다시는 아이를 얻을 수 없을 거라고 생각했는데, 기적이 찾아온 것이다.

이대로 가만히 있을 수는 없었다.

아내를 당장 만나야 했다.

그러나 다시 침대에서 일어나려는 순간, 신경이 끊어지는 것 같은 아찔한 느낌과 함께 눈앞이 새카매졌다. 놀랄 틈도 없이 순식간에 어둠이 나를 삼켰다.

2

얼마나 잠들었던 걸까……?

비명을 지르며 눈을 떴다.

여전히 나는 병실의 침대 위에 있었다. 심장은 100미터 달리기의 결승점을 통과한 것처럼 퍼덕거리고 있었다. 팔다리를 조심스럽게 움직여보았다. 다행히도 움찔거리며 근육이 반응을 보냈다. 창문 너머로는 비록 가짜이긴 하지만 밝은 햇빛이 흘러들고 있었다. 한숨이 새어나왔다.

난데없이 기절을 한 이유가 뭘까. 기절을 한 적은 처음이었다. 게다가 악몽에도 시달렸다. 평소라면 나는 악몽은커녕 꿈조차도 거의 꾸지 않는다. 멍한 머릿속으로 방금까지 시달리던 악몽의 첫 장면이 슬그머니 펼쳐졌다.

나는 누군가의 뒤를 필사적으로 쫓고 있었다.

그러면서 또 누군가가 나의 뒤를 쫓고 있다는 사실을 알아차렸다. 그러나 고작 발밑에만 비춰지는 인색한 전조등 탓에 내가 쫓는 사람이 누구인지, 나를 쫓는 사람이 누구인지는 알아볼 수 없었다. 머지않아 내가 그런 식으로 쫓고 쫓기는 관계의 일부라는 걸 알 수 있었다. 무한하게 이어진 연결고리 중 하나에 불과하달까. 그러나 힘껏 달린 덕분에 나는 앞 사람을 따라잡을 수 있었다. 마침내 앞 사람의 어깨를 붙드는 순간이었다. 그가 내게로 고개를 돌렸을 때, 나는 비명을 지르며 깨어날 수밖에 없었다.

그 사람에게는…… 얼굴이 없었다. 타원형의 살덩어리뿐이었다. 눈, 코, 입이 하나도 없는 살덩어리.

나는 도리질을 했다.

악몽을 꾼 것은 낯선 환경에서 심하게 스트레스를 받은 탓이리라. 마른세수를 하며 호흡을 진정시키자 서서히 현실감이 살아나기 시작했다. 그러나 침대에서 몸을 일으키려던 나는 눈을 의심했다.

병실 문이 조금 열려 있었다.

그토록 애를 쓰며 두들겼는데도 열리지 않던 문이었는데.

잠든 사이 누가 다녀간 것일까?

그럴 수도 있었다. 또는 내 추측대로 스크린 속의 시간이 다 지나버렸기 때문일 수도 있었다. 어쨌든 문이 열렸다는 사실만으로 한결 안심이 되었다. 얼른 밖으로 나가서 안내 데스크를 찾아보는 게 좋을 듯했다. 안내 데스크는 아마 1층에 있을 것이다.

두 다리로 바닥을 단단히 짚었다.

흔들리지 않는 다리가 안정감을 준 덕분인지, 그동안의 일들은 나만의 오해이고 착각인지도 모른다는 생각이 들었다.

여기는 평범한 병원이고, 나는 의식을 되찾은 환자이며, 마침 당직 중인 직원이 자리를 비운 탓에 호출을 듣지 못한 것일 수도 있었다. 아내는 지금쯤 숙소에 있을지도 모른다. 생각보다 오랫동안 내가 의식을 잃고 있었기 때문에, 잡다한 일들을 정리하러 숙소로 돌아간 것이다. 그렇다면 아내에게 조금이라도 빨리 내 소식을 전하고 싶었다.

관절을 움직일 때 어색함이 느껴지긴 했지만 심하게 아픈 곳은 없었다. 문제가 있는 것은 뇌, 아마도 기억이나 의식 쪽인 듯했다. 팔목의 붕대가 너덜거리는 것을 보면서 다시금 가슴이 철렁했다. 어쩌면 장기적인 치료가 필요할지도 몰랐다. 이런 꼴사나운 모습을 아내도 보았을까…….

병원용 슬리퍼를 끌고 병실을 나가려다가 멈춰 섰다. 문득 내가 지금 어떤 모습인지도 모른 채 나서고 싶지 않았다. 세수라도 할 요량으로 화장실 문을 밀었다. 자동으로 불이 켜지면서 정면의 거울에 내 모습이 또렷하게 드러났다.

환자복을 입은 사십대의 남자.

이게 내 모습이라는 게 너무도 어색했다. 설마 했는데 하룻밤 사이 십 수 년은 족히 늙어버린 것 같았다. 떨리는 손으로 얼굴을 더듬었다. 헝클어진 머리카락, 움푹 꺼진 뺨, 생기를 잃은 두 눈. 마치 오랫동안 한곳에 갇혀 고문을 당한 것 같은 몰골이었다.

나는 멍하니 거울을 들여다보다가 세수를 했다. 차가운 물로 얼굴을 씻자 비로소 제정신이 돌아오는 듯했다.

조심스럽게 열린 문 사이로 빠져나갔다.

복도의 바닥에서 올라오는 냉기 때문에 몸이 부르르 떨렸다.

병원 복도는 텅 비어 있었다. 아무런 소리도 들리지 않았다. 천장의 모서리를 따라 흐릿하게 조명이 켜져 있었다. 복도 저편은 아득히 멀었다. 그 끝은 벽인지 문인지 모를 뭔가로 가로막혀 있었다. 어쨌든 바깥으로 나가는 출입구가 있는지 알아보려면 거기까지 걸어가 봐야 할 것 같았다.

걸음을 옮기려는 찰나, 뭔가가 시선을 끌었다. 내가 있던 병실 문에 하얀 아크릴 팻말이 달려 있었다. 거기에는 이런 번호가 새겨져 있었다.

[30-0000-A]

이해할 수 없는 번호였다. 이 병원에선 이름이 아니라 일련번호로 사람을 관리하는 것일까? 불쾌감이 밀려드는 순간 다른 의문이 고개를 들었다.

내 이름이 뭐였지?

말문이 꽉 막혔다.

내 이름이 기억나지 않았다. 정확히는 이름이 떠오를 만한 그 자리에, 구멍이 자리하고 있는 느낌이었다. 끝을 알 수 없는 어두운 구멍이. 자기 이름을 잊어버릴 수도 있는 걸까?

일시적인 기억 상실. 뇌손상. 치매……. 불길한 단어들이 빠르게 머릿속을 스쳐갔다. 그 정도로 상태가 나쁜 것일까. 갑자기 몸을 가누기가 힘들었다. 나는 벽에 등을 기대고 숨을 몰아쉬었다. 어쩌다 이런 지경에 빠진 건지 눈앞이 캄캄했다. 아내가 이 사실을 알면 얼마나 놀랄까. 아이까지 가진 상태에서…….

마음을 진정시키기 위해 몇 번이나 심호흡을 한 뒤에야 주변의 풍경들이 다시 눈에 들어왔다.

아직 확실한 것은 없어. 안내 데스크로 가보자고.

나는 애써 나를 다독이면서 걸음을 옮겼다. 시간이 지나면 자연스럽게 나아질 일인지도 몰랐다. 처음 눈을 떴을 때는 기억이라는 것 자체가 없었다. 하지만 약간의 실마리를 얻는 것만으로 폭발적으로 기억들이 돌아오지 않았던가.

슬리퍼 끌리는 소리가 복도를 울렸다.

새하얀 복도를 따라서 똑같은 병실이 이어지고 있었다. 모든 게 진공 속에 머물러 있는 듯했다. 무슨 우주선이나 잠수함 내부에 있는 것 같았다. 구간 반복되는 영상 속에 갇혀버린 것 같은 착각마저 들었다.

이런 섬에 지어놓기엔 아까울 정도의 시설이었다. 아니, 전혀 어울리지 않는 시설이라고 해야 할 것이다. 사람의 온기가 돌지 않는 휑한 분위기만 제외한다면.

햇빛이 너무도 그리웠다. 복도에는 아무데도 창문이 뚫려 있지 않았고, 병실처럼 가짜 화면도 없었다. 발밑을 겨우 밝히는 어두침침한 조명뿐이었다. 어디를 둘러봐도 인기척은 느껴지지 않았다. 문득 잠들기 전에 들었던 사람의 비명소리가 떠올랐다. 그도 입원한 환자였을까?

나는 걸음을 멈추고 가장 가까이 있는 병실로 다가갔다.

내부는 어두컴컴했다. 아무도 없는 듯했다. 다음 병실도, 그 다음 병실도 들여다보았지만 똑같은 어둠뿐이었다. 손잡이를 돌려보았지만 문은 잠겨 있었다.

이 넓은 병원에 나 혼자 여기 있는 걸지도 모른다는 생각이 들었다.

내가 있는 층의 병동만 비어 있는 것인지도 모른다고, 다른 데는 사람들이 있을 거라고 믿고 싶었다. 비명소리도 들렸으니까. 하지만 내 기억과 감각을 온전히 믿을 수는 없었다. 게다가 나는 아직 내 이름조차 모르고 있었다.

몰려드는 의문들을 억지로 물리치는 동안, 어느새 나는 복도의 끝에 다다랐다. 복도의 끝을 가로막은 것은 벽이 아니라 셔터였다. 거기에도 무한대 기호가 새겨져 있었다. 아귀가 단단히 맞물린 잠금장치는 웬만해선 열리지 않을 듯했다.

고개를 돌리자 엘리베이터가 눈에 들어왔다. 그 옆으로 비상계단으로 통하는 게 틀림없을 출입구가 보였다.

출입구가 칠흑처럼 검었다.

뭔가가 이상했다.

나는 홀린 듯이 그쪽으로 다가갔다. 표면에서 미세하게 튀어 오르는 검은 입자들이 보였다. 가슴이 쿵쿵 뛰기 시작했다. 일반적인 문으로는 보이지 않았다. 문 위쪽에 설치된 기기에서 바람이 수직으로 분사되고 있었다. 뒤쪽의 천장을 살피자 두 개의 눈처럼 볼록 솟은 렌즈가 보였다. 이건 복도와 바깥을 차단하기 위한, 말하자면 홀로그램 도어였다.

어째서 이런 장치가 설치돼 있는지 의아했다.

단순한 홀로그램이라고 하더라도 왠지 통과하기가 꺼려졌다.

엘리베이터를 타고 1층으로 가보는 게 좋을 것 같았다. 나는 엘리베이터의 화살표 버튼을 눌렀다. 그러나 버튼에 불이 들어오거나 승강기가 움직이는 소리는 나지 않았다. 아무래도 그 옆의 스크린을 조작해야만 작동이 되는 모양이었다. 굳게 닫힌 엘리베이터 문

위에 '6'이라는 숫자가 눈에 들어왔다. 여기가 6층의 병실이라는 뜻으로 이해되었다. 그 아래로 붙어 있는 버튼에 13부터 0까지 숫자가 거꾸로 나열돼 있었다. 그러나 0이라는 숫자가 의구심을 불러 일으켰다.

0층이라는 게 있을 리가 없다.

그 순간 비상출입구에서 발소리가 들려왔다. 나는 숨을 죽이고 살그머니 그 앞으로 다가갔다. 홀로그램 도어로는 소리가 차단되지 않는 듯했다. 누군가가 계단을 텅텅 울리면서 내가 있는 쪽으로 달려오고 있었다.

"거기!"

나는 남은 배짱을 모두 그러모아 출입구를 향해 외쳤다.

"거기 누구 있어요?"

이번에는 조금 더 크게 외쳤다. 손전등 불빛으로 짐작되는 빛이 불투명하게 새어나왔다. 잠시 멈춰 있던 발소리가 빠르게 이어졌다.

나는 뒤로 물러서며 마른침을 삼켰다. 누군가 나타나주길 바랐던 게 바보 같은 짓인지도 모른다는 생각이 들었다. 날 여기다 가둔 놈들인지도 모르는데.

엘리베이터로 되돌아와 화살표 버튼을 마구 눌렀다. 그 옆에 붙은 스크린도.

소용없는 짓이었다. 사방이 막혀 있었고, 도망칠 곳도 없었다.

혹시나 하는 마음에 가장 가까이 있던 병실 손잡이를 잡아 당겼다. 문은 열리지 않았다. 병원인지 뭔지 정체 모를 13층짜리 건물에, 영문도 모른 채 갇혀 있다고 생각하니 갑자기 식은땀이 흘렀다.

내가 모르는 뭔가가 있었다. 내가 짐작도 못할 어떤 일들이 벌어졌거나, 벌어지고 있는 중이었다.

이제 완전히 계단을 내려온 누군가가 홀로그램 도어에서 고개를 불쑥 내밀었고, 복도를 이리저리 살폈다. 목만 통과한 모습이 기괴하기 짝이 없었지만 숨소리조차 낼 수 없었다. 다음 순간, 그와 눈이 마주쳤다는 걸 깨달았다.

목표물을 찾아낸 그는 곧장 복도로 들어섰다. 어두컴컴한 덕분에 상대방의 얼굴은 잘 보이지 않았다. 몇 초도 안 되는 짧은 시간 동안 모든 게 정지된 듯했다.

"병실에서 나오신 건가요?"

낯선 여자의 목소리가 울려 퍼졌다.

"그게……."

막상 사람이 나타나자 뭐라고 해야 좋을지 알 수 없었다. 이름도, 기억도, 어느 것 하나 온전한 게 없었으니까. 어쨌거나 말이 통해서 다행이라는 생각을 하는 동안에 천장의 모서리를 따라 동그란 조명들이 켜졌다.

회색 유니폼에 회색 마스크를 쓴 사람이었다.

키가 170센티미터에 가까워 보였고 몸집으로 보아 여자임이 분명했다. 한 손에는 구급상자가 들려 있었다.

여자가 마스크를 턱 아래로 끄집어 내리자 비로소 얼굴이 드러났다. 새하얀 피부에 붉고 가느다란 입술. 기계로 찍어낸 듯한 정확한 좌우대칭이었다. 무표정한 얼굴 탓인지 왠지 모를 거리감이 느껴졌다.

"방금 여기서 깨어났는데…… 도움이 좀 필요합니다."

"문이 잠겨 있었을 텐데 어떻게 나온 거죠?"

"열려 있었어요."

"그럴 리가 없을 텐데……. 어쨌든 아직은 수면시간이에요. 병실로 돌아가세요."

"미안하지만 내가 왜 여기 있는지 모르겠습니다. 섬으로 여행을 온 것까지는 알겠는데, 나머지는 모르겠어요. 그쪽은 누구시죠?"

"간호사예요. 이름이 어떻게 되시죠?"

"그걸…… 모르겠습니다."

간호사는 한동안 말이 없었다. 이름조차 기억하지 못한다는 말에 놀란 것 같았지만 표정을 읽을 수가 없었다.

"어느 병실에 계셨는지도 모르시고요?"

"저깁니다."

나는 복도 끝을 가리켰다.

"잠시만 움직이지 말고 그대로 계세요."

간호사라는 그 여자가 나에게 다가왔다. 바로 앞에 멈춰 서서 내 눈동자를 뚫어져라 보기 시작했다. 동공에서 뭔가가 움직이는 게 보였지만 똑바로 바라볼 수가 없었다. 뼛속까지 헤집는 것 같은 느낌이 불쾌했다. 나는 슬그머니 시선을 떨궜다.

뭐라고 더 말을 하려는 순간 간호사가 잠깐 기다리라는 손짓을 보냈다. 자신의 소매를 걷어 올리더니 손목의 맥박 뛰는 자리를 두어 번 두들겼다. 무한대 기호가 푸른색으로 점멸했다. 피부에 직접 삽입한 임플란터블 장치인 듯했다.

이런 장치들을 언젠가 하이테크 페어에서 본 적은 있지만, 실제로 업무에 활용하고 있는 걸 본 건 처음이었다. 어쩌면 최첨단 기술을 도입하고 시험하는 병원인지도 몰랐다. 잠시 후에 달칵, 하는 소리가 나더니 남자의 목소리가 들렸다.

"이 시간에 뭐야?"

잠을 깨운 듯 목소리에 짜증이 잔뜩 묻어 있었다. 어딘지 낯익은 목소리였지만 그 외엔 떠오르는 것이 없었다. 하지만 간호사는 무표정한 얼굴로 보고했다.

"지금 일련번호를 전송했습니다. 방금 복도에서 마주쳤는데, 병실 문이 열려 있었다고 합니다. 왜 여기에서 깨어났는지 기억을 못하고 있어요. 이름까지 잊어버렸다고 합니다."

"뭐?"

남자의 목소리는 당황스럽다는 반응이었다. 나는 물어볼 것이 많았지만, 일단은 그들의 대화를 한 마디도 놓치지 않는 데 집중했다.

"몸 상태는 어때?"

"양호해 보입니다."

"곧바로 병실로 옮겨서 재워요. 더 이상 다쳐서는 안 돼요. 내가 진료하기 전까지 다른 얘기는 하지 말고. 병실 문은 보안 팀에 따로 확인하세요."

"알겠습니다. 따라오세요."

간호사는 몇 발짝 걸어가다 멀거니 서 있는 나를 돌아보았다.

"안 오시고 뭐하세요?"

"설명을 듣고 싶습니다. 여기에 왜 입원을 한 건지 전혀 기억이 나지 않아요. 보호자도 만나야 하고요. 안내 데스크는 어딥니까?"

"안내 데스크는 따로 없어요."

"그래요? 그럼 원무과도 없는 겁니까?"

"기다리셔야 돼요. 업무가 시작되면 소장님께서 모두 설명해주실 겁니다."

"오랫동안 기다렸단 말입니다. 내 보호자가……."

"진정하세요. 환자분께서는 병실에서 절대적인 안정을 취하셔야 돼요. 일시적인 기억상실과 함께 기면증이 우려되고 있거든요."

"기면증이라면……?"

"네, 갑작스럽게 의식을 잃으실 수 있다는 얘기예요. 위험한 활동을 하거나 사람들이 없는 곳에서 기절하면 크게 다치실 수 있어요. 일단 병실로 돌아가세요."

간호사가 앞장서서 걷기 시작했다. 가슴이 철렁했다. 그제야 병실에서 의식을 잃고 악몽을 꾸었던 이유를 납득할 수 있었다. 앞으로도 이런 상태가 나아지지 않으면 어떻게 해야 할지 아찔했다.

간호사의 강압적인 태도는 마음에 들지 않았지만 돌아다니다가 정신을 잃고 싶지는 않았다. 병실에서 소장을 기다리는 편이 나을 듯했다. 소장이라는 사람이 의사라면, 기면증이라는 내 상태에 대한 설명을 속 시원하게 듣고 싶었다. 나는 간호사를 따라 걷기 시작했다. 어차피 퇴원 수속을 밟기 위해서라도 의사의 동의는 필요할 것이다.

복도 끝 병실에 다다르자 간호사가 스크린에 암호를 입력했다. 문이 스르르 열렸다. 간호사는 침대 머리맡의 탁자에다 구급상자를 내려놓고 기계를 살폈다. 나는 머뭇거리다 침대에 걸터앉았다.

간호사가 마스크를 도로 썼고, 환자복 소매를 걷어 올렸다.

내 팔을 잡고 너덜거리는 붕대를 풀어 상처를 확인했다. 많이 아물어 있기는 했지만 역시나 끔찍한 상처였다. 무엇보다 내가 그랬을 거라는 점에서.

"제 팔은…… 왜 이런 거죠?"

"괜찮아질 거예요."

"괜찮아질 거라고요?"

"네, 환자분의 의지가 제일 중요하죠."

말문이 막혔다. 만일 정말로 자해를 시도했고 기억도 상실된 거라면 문제가 심각했다. 간호사가 구급상자로 다가가 붕대를 꺼냈다. 자리로 돌아와 붕대로 상처를 압박하고 반창고로 능숙하게 마무리했다.

"몸은 걱정하지 마세요. 그보다는 의식이 자리 잡는 게 중요하니까요. 몇 번 더 수술을 받으시면 차차 개선될 거예요. 구토, 이명, 환청, 가려움증 같은 증상이 있으세요?"

"그런 건 없습니다. 내가…… 무슨 수술을 받은 겁니까?"

"죄송하지만 자세한 것은 말씀드릴 수가 없어요. 소장님께 설명을 들으셔야 돼요."

갑자기 숨이 막혔다. 이 병원도, 간호사도 모든 게 정상이 아닌 것 같았다. 간호사가 기계로 다가갔다. 전원 플러그를 꽂았는지 기계에 금세 불이 들어왔다. 간호사가 전선의 끝을 붙잡고는 나에게 다가왔다. 뒤통수에 다시 연결하려는 모양이었다. 저걸 연결하면 곧바로 정신을 잃을지 모른다는 생각에 몸이 저절로 뒤로 젖혀졌다.

"잠깐만요. 보호자에게 당장 연락해주세요, 이리로 와 달라고. 지난밤에 아내하고 함께 있었는데 숙소에서 갑자기 정신을 잃었어요. 뭔가가 잘못됐다고요."

"그러세요?"

"휴대폰으로는 연락할 수가 없는 상황입니다."

"휴대폰이라고요?"

간호사가 되물었다. 나는 탁자에 놓인 핸드폰을 가리켰다. 순간적으로 간호사가 미소를 짓는 걸 봤다고 생각했지만 금세 무표정으로 돌아와 버렸기 때문에 확신할 순 없었다.

"고칠 수가 없을 것 같네요."

"뭣 때문에 그런지 모르겠어요. 어쨌든 보호자에게 연락을 해주실 수 있죠? 저한텐 아주 중요한 문제예요."

간호사가 어깨를 으쓱해 보였다.

"좋아요. 책임지고 알아봐 드릴게요. 보호자 이름이 어떻게 되세요?"

"네?"

"그래야 도와드릴 수가 있겠는데요."

나는 간호사를 멍하니 바라보았다. 이번에는 착각이 아니었다. 간호사가 미소를 짓고 있었다. 어디 한 번 기억이 나는지 지켜보겠다는 듯한 미소. 내 이름도 모르는 처지에 아내의 이름이 기억 날 리 없었다. 손아귀에 땀이 배어났다.

"그게…… 잘 모르겠어요."

"모른다고요? 그럼 다른 건요?"

"다른 거라니요?"

"연락처, 주소, 나이 같은 거 말이에요."

"그것도 기억이……."

"그럼 어떻게 생긴 분인데요?"

얼굴이 확 붉어졌다.

아내가 어떻게 생겼냐고? 나도 그게 궁금했다.

떠오르는 건 얼굴이 아니었다. 아내의 목소리, 아내의 걸음걸이, 좋아하는 계절과 숫자, 먼 곳을 볼 때 미간을 찡그리는 버릇 같은 것들만 떠올랐다. 그 외에는 키도, 체형도 알 수 없었다. 마치 존재하지 않는 사람이기라도 한 것처럼.

"거짓말을 하는 건 아닌데…… 정말 기억이 제대로 나질 않아요. 그래서……."

"아무 정보도 없으면 곤란한데요."

눈앞의 풍경이 흐릿해지고 있었다. 이마와 등줄기에 식은땀이 계속해서 배어 나왔다. 내 머리가 정말로 이상해진 건지도 몰랐다. 시간이 지나도 기억이 돌아오지 않으면 어떻게 해야 할까.

"답답하네요. 혹시 저를 입원시켰거나, 저하고 같이 온 여자가 없었나요?"

"좋아요, 나중에 알아봐 드릴게요."

나는 마지못해 고개를 끄덕였다. 간호사가 호스를 내려놓고 주사기와 노란 앰플 병을 꺼내들었다.

"이제 한숨 주무시도록 진정제를 놔드릴게요."

왠지 모르게 주사를 거부하고 싶었다. 그러나 통증이 점차 심해지고 있었으므로 거부할 명분도 없었다. 소매를 걷어 올리자 간호사가 기다렸다는 듯 주사 바늘을 밀어 넣었다. 진정제의 효과는 즉각적이었다. 눈앞이 핑핑 돌았고, 기분 좋은 감각이 돌면서 몸이 나른해졌다.

"근데…… 이 병원은 위치가 어디죠?"

"이상한 질문이네요."

이상하다고? 다시 한 번 심장이 철렁했다. 그러나 이미 몸은 무거워지고 의식은 급속도로 흐려지고 있었다.

"매번 똑같은 질문만 하셔서 그래요. 외운 것도 아닐 텐데."

이해할 수 없는 말이었다. 간호사가 다가오더니 뺨에다 가만히 손을 얹었다. 뱃속이 뒤틀리는 기분이었다. 온기라고는 조금도 없는, 차가운 손길.

"때로는 우리하고 뭐가 다른지, 이해할 수가 없거든요. 감정 절제가 완벽하게는 안 된다는 점은 확실히 다르지만 말이에요."

간호사가 뒤통수에 호스를 다시 연결하고는 기계로 다가가서 계기판을 눌러댔다. 그제야 간호사에게서 느낀 거부감의 정체를 깨달았다.

인공지능.

간호사는 사람이 아니었다. 진짜 사람처럼 보이는 안드로이드였다.

몇 가지 더 확인이 필요했지만 더 이상 몸을 움직일 수 없었다. 오싹한 느낌과 함께 눈앞이 가물거리는가 싶더니 완전히 캄캄해졌다. 뒷목에 연결된 전선이 희미하게 진동했다. 병실 문이 잠겼다. 묻고 싶은 것이 많았지만 간호사의 발소리는 이미 사라지고 없었다.

3

끼이익······ 끼이익······.

쇳소리가 들려오고 있었다.

나는 그늘진 해안 동굴의 초입에 서 있었다. 언젠가 와본 적이 있는 곳이다. 하지만 정확히 여기가 어디였더라?

날씨는 화창했다. 물살은 빛으로 만들어진 수백 개의 비늘 같았다. 자신만의 박자를 가지고 파도는 밀려오고 밀려 나갔다. 나는 콧노래를 부르며 바위와 바위 사이를 발로 건너뛰었다. 어떤 파도는 바로 발아래 울퉁불퉁한 바위까지 밀어 닥쳤으므로 미끄러지지 않도록 주의를 기울여야 했다.

끼이익······ 끼이익······.

나는 소리의 정체를 알아내려고 주변을 두리번거렸다. 아무래도 뒤편의 동굴에서 들리는 소리 같았다. 고개를 돌리자 안쪽으로부터 바람이 세차게 몰려왔다. 지독히도 음산한 기운을 머금은 바람이었다. 내가 입은 하와이안 셔츠 자락이 깃발처럼 나부꼈다.

"아빠!"

저만치 쪼그려 앉은 아이가 나를 불렀다. 햇볕에 그을린 콧잔등이 잔뜩 찡그려졌다. 어렸을 때의 나를 쏙 빼닮은 사내아이. 그 애가 바로 우리 부부의 첫째 아이였다. 아이는 호들갑을 떨면서 자그마한 검지를 들어 올려 바위틈을 가리켰다. 게나 소라, 또는 다른 어떤 신기한 생물이 아이의 호기심을 끌어낸 모양이었다.

그래, 이건 십 년도 넘게 가슴속에 묻어두었던 어느 여름의 기억이었다. 아직 행복했던 그 시절. 우리 세 식구가 함께였던 때.

파라솔 옆 간이텐트 안에서 아내는 낮잠을 자는 중이었다. 물놀이에 지겨워진 나는 아이를 데리고서 해변을 걷기 시작했다. 한참을 걷던 우리는 이 외진 곳까지 다다른 것이다.

나는 다시 한 번 내가 서 있는 동굴 입구를 바라보았다. 낡아빠진 간판에는 동굴의 이름이 쓰여 있었지만 거의 다 지워져 읽을 수는 없었다. 한 번도 경험한 적 없는, 아주 서늘한 어둠이 고여 있었다.

들어오지 마.

어둠이 경고하듯 속삭였다.

그 말을 따라 아내에게로 돌아가야겠다고 결심한 순간, 아이가 내 소맷자락을 붙들었다.

조금만 놀다가 가요, 아빠. 제발요, 네?

나는 잠시 망설였지만 아이의 얼굴을 보면서 그만 고개를 끄덕이고 말았다.

잠깐이면 괜찮겠지.

끼이익…… 끼이익…….

화창한 날씨는 어디로 사라져버린 걸까?

돌아보니 어느 틈엔가 대기가 어둑해져 있었다. 그늘진 동굴 입구에서도 충분히 느낄 수 있을 정도로. 이쪽을 향해 먹구름이 위협적으로 몰려들고 있는 모습이 보였다.

예보에는 없던 폭풍우였다. 이미 먹구름에 점령당한 저편에서는 빗방울과 함께 바람이 휘몰아치고 있었다.

이제 돌아가야지.

그러나 아이는 고집스럽게 입을 다물고 고개를 저었다.

한 번 더 아이를 달래려는 순간이었다. 풍랑과 함께 빗줄기가 바다 위를 사납게 두들기기 시작했다. 먹구름은 순식간에 동굴 앞까지 당도해 있었다. 모래사장에 띄엄띄엄 흩어져 있던 파라솔이며, 텐트에서 사람들이 뛰쳐나오는 모습이 보였다. 아내가 우리를 찾아 헤매고 있을 터였다.

"안 돼, 이젠 나가야……."

그때였다. 눈앞에 파도가 밀어닥쳤다. 순식간에, 믿을 수 없을 정도로 많은 양의 바닷물이 동굴 안에 퍼부어졌다. 암벽에 부딪친 파도소리가 귓전을 때렸다. 검푸른 밀물이 허리까지 차올랐다.

나는 목이 터져라 아이의 이름을 불렀다.

다음 순간, 바위에 발이 미끄러졌다. 공포를 제대로 느끼기도 전에 등 뒤의 바위가 달려들어 뼈를 내리 찍었다. 신음을 터트리는 순간 바닷물이 콧속과 입안으로 정신없이 쏟아져 들어왔다.

시간이 한없이 느려졌다. 내가 비명을 지르고 있는 모습이, 아주 멀리서 카메라로 내려다보는 것처럼 느껴졌다. 물살에 휩쓸린 내 몸은 이제 부유하는 고기자루에 불과했다. 나는 가라앉고 떠오르기를 반복했다.

이대로 죽는 것일까?

더 이상 발버둥을 칠 기운도 없었다. 나는 힘을 빼고 물살에 몸을 맡겼다. 썰물이 맹렬하게 빠져나가면서, 작고 가느다란 손목이 떠밀려 가는 모습을 본 듯했다.

그것이 마지막이었다. 정신을 차렸을 때 아이가 있던 자리, 그 자리는 텅 비어 있었다.

4

눈이 부셨다.

커튼 너머 유리창에서 가짜 햇빛이 쏟아져 들어오고 있었다. 병실
문의 유리창도 환했다. 복도에 불이 켜진 모양이었다.

가슴 깊은 곳에서부터 잊고 있던 고통이 솟구쳤다.

눈가는 축축했고 팔다리는 물 먹은 솜 같았다.

결코 꿈을 꾼 것이 아니었다. 꿈은 있을 법한 일들을 만들어내는
것이지만 이건 실제로 있었던 일이 되살아난 것이니까…….

그때 일을 떠올린 것은 아주 오랜만의 일이었다. 내가 이렇게 생
생하게 그 일을 기억하고 있는 줄도 몰랐다. 아이에 관한 기억이 떠
오를 때마다 나는 그것들을 통째로 가슴에 파묻기에 급급했으니까.
그러고 싶어서 그랬던 것은 아니었다. 그렇지 않으면 이어지는 나
쁜 생각에서 벗어날 수가 없었기 때문이다. 아이가 타고난 운명이
거기까지였던 거라고, 그러니 절대로 죄책감을 가져선 안 된다고,

아내는 오히려 나를 위로했다. 그런 아내를 지키기 위해서는 굳건해져야만 했다.

억지로 침대에서 몸을 일으켜 세웠다. 지금 나에게 필요한 것은 아내 그리고 배 속의 아이와 함께 무사히 집으로 돌아갈 수 있다는 확신이었다.

나는 뒤통수에 연결돼 있는 전선을 뽑고 기계의 전원을 껐다. 이 장치의 정체가 무엇인지 궁금했지만 당장 알아낼 수 있는 문제가 아니었다. 머리맡의 생수를 들이킨 다음 닫힌 병실의 문을 바라보았다.

병실 문으로 다가가서 손잡이를 당겼을 때, 머리가 멍해졌다.

문이 또다시 잠겨 있었다.

복도에는 여전히 아무도 없었다.

업무 시간까지 얼마나 더 기다려야 할까? 또다시 갇힌 신세가 되었다고 생각하자 스스로가 한심했다. 문을 잠그지 말아달라고 부탁했어야 했다. 시간이 카운트 다운되었던 스크린에는 그저 잠겨 있다는 뜻의 경고 문구만이 떠올라 있을 뿐이다.

나는 침대에 털썩 주저앉았다.

병실의 모양새를 갖추고 있는 공간. 그러나 문이 열릴 때까지 갇혀 있을 수밖엔 없다. 병실 문에 붙은 유리창이 검게 번득였다.

생각하면 이상한 점이 한두 가지가 아니었다.

무엇보다 '매번 똑같은 질문을 했다'던 간호사의 말이 마음에 걸렸다. 간호사와 나는 처음 만난 사이였다. 간호사는 내가 일시적인 기억상실에 기면증까지 앓고 있다고 말했다. 어쩌면 나는 주기적으로 기억을 잃어버리는 상태에 빠진 것인지도 몰랐다. 그렇다면 아내는…… 내가 여기 있다는 사실조차 모르고 있는 건 아닐까?

아내에게 정말로 연락을 취해줄지 의심스러웠다. 무작정 간호사의 말을 믿고 기다리겠다고 한 것이, 돌이킬 수 없는 잘못은 아니었을까. 직접 숙소로 돌아가고 싶은 마음이 굴뚝같았다. 그러면 아내를 만나거나 최소한 아내의 행방을 수소문할 수 있을 것이다.

나는 머리를 흔들었다.

또 하나 간과할 수 없는 의문점이 있었다. 간호사가 진짜 인공지능인지의 여부였다. 간호사는 현재의 기술 수준으로는 도저히 구현이 불가능할 정도로 인간과 흡사했다. 기억력과 운동 신경은 물론이고 자유의지까지 가진 것 같았다. 선배가 나에게 제안했던 일자리도 바로 그런 진화를 이뤄내기 위한 게 아니었던가.

어쩌면 십 수 년이 걸릴지도 모르는 일이었다. 그런데 누군가 벌써 그 일을 해낸 것이다. 어디서 누가 만들어낸 것인지 알고 싶었다.

그때 나지막이 쿵쿵 문을 두들기는 소리가 들렸다.

얼른 일어나서 병실 문에 귀를 갖다 댔다.

뭔가 웅얼거리며 외치는 목소리, 유리창이 부서지는 것 같은 소리가 몇 번이나 이어졌다. 나는 병실 문에 붙은 유리창을 노려보았다. 아마도 저걸 부순 것으로 짐작되었다.

잠시 정적이 흐르는가 싶더니 쿵 하는 육중한 소리가 났다.

"거기…… 누굽니까?"

나는 복도를 향해 소리쳤다. 그러나 대답은 돌아오지 않았고, 복도를 달려가는 듯한 발소리가 멀어져갔다. 내가 미처 확인하지 못한 병실에, 환자가 있었던 모양이었다. 그런데 무슨 이유에선지 누군가 병실을 탈출한 것이다.

여기가 정신병원 같은 데가 아니라면 환자가 저렇게 극단적인 반응을 보일 것 같지 않았다. 그러나 나처럼 기억을 잃고 비슷한 이유로 감금되어 있는 사람이라면 얘기가 달라진다. 그런 생각이 들자 당장 그를 만나야 할 것 같았다.

두리번거리는 내 눈에 병실 구석에 세워진 소화기가 보였다.

언제부터 소화기가 이 자리에 있었던 것인지 의아했다. 내 기억에는 없었던 물건이었다.

저 남자도 틀림없이 이걸로 창문을 부쉈을 것이란 확신이 들었다. 나는 남은 힘을 모조리 긁어모아 소화기를 집어 들었다. 병실 유리창에다 소화기를 내리치자 창문에 쩍 하고 금이 갔다. 거미줄 같은 균열을 향해 미친 듯이 소화기를 휘둘렀다.

마침내 창문이 와장창 하는 소리와 함께 깨어졌다. 몸 상태가 말이 아니었다. 고작 이 정도의 움직임만으로 등에 땀이 줄줄 흘러내리고 있었다. 겨우 빠져나갈 만큼의 공간을 확보하고 나서 복도로 얼굴을 내밀었다.

비상출입구 쪽에서 그림자가 일렁였다.

"이봐요, 잠깐 기다리라고."

그를 놓치고 싶지 않았다.

나는 조심스럽게 창틀을 짚었다. 복도로 빠져나가는 동안 손바닥 아래로 유리조각이 버석거렸다. 팔이 주체할 수 없이 후들거렸다. 그러나 이 정도 위험쯤은 감수해야 했다. 복도에 내려서자마자 나는 비상계단을 향해 힘껏 내달렸다.

그러나 비상출입구 앞에 다다랐을 때 절로 발길이 멈췄다.

시커먼 홀로그램 도어를 통과하는 게 왠지 꺼려졌다. 머뭇거리는 사이에 삐걱거리는 육중한 소리가 나기 시작했다. 엘리베이터가 움직이는 소리였다. 내가 있는 층의 버튼이 주홍색으로 반짝이고 있었다.

지금은 병원 측 사람들과 마주쳐선 안 된다.

나는 비상출입구 안으로 뛰어들었다.

발소리는 어느새 들리지 않을 정도로 멀어져 있었다. 병실을 빠져나온 남자는 비상출입구를 통과해 계단으로 이동하고 있는 듯했다.

계단의 디딤판을 따라 실선처럼 조명이 이어지고 있었다. 남자는 아마도 저 조명에 의지해 아래층으로 이동했을 것이다. 안내 데스크나 출구를 찾고 있을 테니까.

계단을 내려가려는 순간, 엘리베이터 문이 열렸다.

나는 벽에 등을 기대고 그들이 지나가길 잠자코 기다렸다. 그러는 동안 어둠이 눈에 익으며 그럭저럭 윤곽을 알아볼 수 있었다.

복도를 걸어가는 발소리가 엇갈렸다. 최소한 두 명은 되는 듯했다. 병실 창문이 박살나 있는 것과, 환자들이 둘씩이나 사라졌다는 사실을 벌써 알아차린 것일까.

잠시 후에 걸음 소리가 뚝 끊겼다. 누군가 나직이 속삭였다. 간호사의 목소리였다.

"소장님, 보안 팀을 부를까요?"

"그래, 사살하지 말고 반드시 생포하라고 지시해요."

"다시 시작하는 게 나을 수도 있어요. 너무 여러 차례……."

"아직은 안 돼. 배양기에 문제가 좀 생겼어."

소장이라고 불린 남자의 목소리가 싸늘하게 가라앉았다.

"어떻게 삭제했는지 확인하기 위해서라도 생포해야 돼. 어차피 이

건물을 빠져나갈 수는 없으니, 무조건 병실로 다시 옮겨와."

"알겠습니다."

온몸이 빳빳해졌다.

저들의 대화가 무슨 내용인지 완전히 알아들을 순 없었지만 '사살'이라는 단어만큼은 똑똑히 알아들었다. 그건 나를 죽일 수도 있다는 말이었고, 최소한 나 같은 환자들을 죽여본 적이 있다는 말이기도 했다. 게다가 이 건물을 빠져나갈 수는 없다니…… 무슨 감옥이라도 된다는 소리인가?

현기증이 휘몰아쳤다.

복도의 발걸음 소리가 이쪽으로 되돌아오고 있었다.

나는 최대한 소리를 죽인 채 아래층 계단으로 서둘러 내려갔다. 층계참을 돌아 다음 계단에 발을 내딛자마자 외마디 비명이 터져 나왔다. 발목뼈가 난간에 부딪힌 듯했다. 나는 이를 악물며 고통을 삼켜냈다.

때맞춰 엘리베이터가 움직이는 묵직한 소리가 들렸다. 저들이 엘리베이터를 타고 사라지는 것인지 더 이상 소리가 들리지 않았다. 안도의 한숨을 내쉬기도 전에, 병원 어딘가에서 무언가 울부짖는 소리가 들렸다.

온몸이 얼어붙었다.

발소리가 다가오더니 비상출입구에서 달칵, 하는 소리가 들렸다.

고개를 들자 이리저리 움직이는 손전등 불빛이 보였다.

불빛은 마침내 몇 초 전에 내가 서 있던 자리에 와 닿았다. 나는 황급히 무릎 사이에 얼굴을 처박았다. 불빛이 여기까지 닿지 않기를 바랐다.

계단을 내려와서 확인하려 들까?

맥박 뛰는 소리가 너무 크게 들렸다. 잠시 후에 엘리베이터에서 문 열리는 소리가 났다. 발소리가 멀어졌다.

지금이야.

본능이 다시 속삭였다. 나는 슬리퍼를 벗어 손에 쥔 다음 난간을 붙들고 뛰다시피 계단을 내려가기 시작했다. 만취한 사람처럼 중심을 잡기도 힘든 지경이었지만 걸음을 멈출 수 없었다.

밀려드는 공포 속에서도 앞으로 어떻게 해야 할지 떠올려야만 했다. 어찌된 영문인지는 몰라도 나는 이곳에 감금된 게 틀림없다. 1층으로 내려가서 출구가 어디에 있는지부터 확인해야 한다. 아내…… 아내가 여기에 있을 가능성은 얼마나 될까?

비상출입구가 나타날 때마다 까맣게 차단된 홀로그램 도어에서 누군가 튀어나오지 않길 기도하며 발소리를 죽였다. 나는 숨을 몰아쉬었다. 층계참의 벽면에 '9'라는 숫자가 번쩍였다. 6층에서 출발했는데 내려갈수록 숫자가 거꾸로 매겨지는 이유를 이해할 수 없었다.

지금은 아래로 내려가는 일에 집중해야 했다.

점점 숨을 들이쉬고 내쉬는 것조차 힘겨워졌다.

한계에 다다른 심장이 거친 박동으로 경고를 보내왔다. 어느 곳 하나 성한 데가 없었다. 잠깐만이라도 앉아서 숨을 돌리고 싶었지만 그런 여유를 부렸다간 저들에게 붙잡혀 무슨 일을 당할지 몰랐다.

난간을 붙들고 뛰던 나는 반사적으로 손을 뗐다. 손잡이가 미끌거렸다. 콧속을 파고드는 비린내가 역겨웠다.

피였다.

아마도 유리창을 깨고 탈출한 그 남자의 흔적인 듯했다. 탈출 과정에서 입은 상처일까? 순간 중심이 흔들렸다.

빌어먹을.

사력을 다해 난간을 휘어잡아야 했다. 넘어지지는 않았지만 일 초만 반응이 늦었더라면 틀림없이 아래로 굴러 떨어졌을 것이다. 피를 흘리며 처참하게 널브러진 내 모습이 떠올라 등골이 오싹했 다. 그래도 여기서 멈출 수는 없었다. 나는 심호흡을 반복하면서 억 지로 몸을 일으켰다.

얼마나 시간이 흘렀는지, 앞으로 얼마나 더 가야 할지 알 수 없었다.

간헐적으로 들리던 비명 소리는 이제 완전히 끊겨버렸다. 남자가 어디론가 이미 끌려간 것은 아닐까 하는 의구심이 들었다.

층계참의 숫자는 이상하게도 더 커져갔고, 어느새 '12'로 바뀌어 있었다. 폐가 터질 것 같았다. 이마와 등줄기에서 땀이 뚝뚝 흘러 내 렸다. 나는 발길을 멈추고 흐린 눈을 비볐다. 계단 위쪽을 살폈지만 추적하는 기색은 아직도 없었다. 계단의 조명이 아니었더라면 여기 까지 오지도 못했을 것이었다.

조금만 더 가보자.

아래쪽을 향해 발을 내딛자마자 가슴이 철렁했다. 디딤판이 있어 야 할 자리가 평평했다. 자세히 살펴보니 계단 대신 완만한 경사로 가 시작되고 있었다.

나는 난간을 붙들고 계속 걸음을 옮겼다. 그러나 경사로마저 곧 끊어졌다. 몇 초 동안 아무런 생각이 들지 않았다. 들이쉬고 내쉬는 호흡 소리뿐.

엘리베이터의 숫자.

바깥 풍경이 재생되고 있는 가짜 창문.

갑자기 여기가 지하 시설일 거라는 깨달음이 머리를 때렸다. 그렇다면 지금의 상황을 이해할 수 있었다. 지상으로 가려면 애당초 위층으로 올라갔어야 했다. 그러나 지금으로서는 아래로 내려갈 수도, 위로 되돌아갈 수도 없었다.

나는 몸을 틀어 복도로 이어질 것 같은 방향으로 벽을 더듬었다. 벽은 얼음처럼 차가웠다. 가느다랗게 바람이 새어 나오는 게 느껴졌다. 육중한 철문이 손가락 한 마디 정도로 열려 있었다.

누가 있을 것 같지는 않았지만 신중해야 했다. 온몸에 힘을 꽉 준 다음 천천히 문을 밀었다. 삐걱거리는 쇳소리가 귀를 파고들었다. 끊임없이 웅웅거리는 기계음, 발바닥으로 전해지는 진동, 형광등의 푸른빛.

사람은 없는 것 같았다. 적어도 아직까지는.

엘리베이터도 보이지 않았다. 눈앞은 벽으로 막혀 있었고, 왼쪽과 오른쪽으로 각각 통로가 길게 뻗어 있을 뿐이었다. 나는 수동 잠금장치를 돌려서 문을 잠갔다. 강제로 잠금장치를 망가뜨리지 않는 한 문은 열리지 않을 것이다.

어디로 가야 할지 망설여졌다. 문득 몇 방울의 핏자국이 눈에 띄었다.

핏자국은 오른쪽 통로의 바닥을 따라 모퉁이 저편으로 이어지고 있었다. 남자의 흔적임에 틀림없었다. 남자 역시 이쪽에서 여기가 지하시설임을 깨닫고 좌절했을지도 몰랐다.

그렇다면 왜 도로 계단을 올라오지 않고 안으로 들어갔는지 의문이었다. 내가 그랬듯이 그 역시 뒤따라오던 내 존재를 위협으로 판단한 건 아닐까?

나는 파이프로 뒤덮인 어두컴컴한 통로를 달려가기 시작했다. 불규칙한 엔진 소리, 환기구에서 들리는 바람소리 따위가 뒤섞여 귀를 먹먹하게 만들었다. 모퉁이를 돌자마자 출입구 너머로 기계실이 보였다.

환자복을 입은 사람이 웅크리고 앉아 있었다. 내가 찾던 사람이었다. 예상과 달리, 그는 남자가 아닌 여자였다.

5

"괜찮아요?"

여자는 고개를 푹 숙인 채 온몸을 떨고 있었다. 허리까지 내려오는 긴 머리카락이 헝클어져 있었다. 입고 있는 환자복은 나와 달리 무릎을 덮는 길이의 치마였고, 새것이었지만 군데군데 피가 물들어 있었다. 아무것도 신지 않은 두 발은, 새하얀 다리와 대조적으로 검고 더러웠다.

"이봐요."

나는 여자 곁으로 다가가 어깨를 흔들었다. 여자가 소스라치며 고개를 들어 올렸다. 상당한 미인이었다. 무표정한 간호사와는 대조적으로 선한 인상을 갖고 있었다. 이상하게 낯익은 느낌에 가슴이 꽉 조여들었지만, 누구인지 기억에는 없었다.

나이는 삼십대 후반 정도로 보였고, 시커멓게 죽어버린 입술은 계속해서 떨리고 있었다. 지옥에서 도망치기라도 한 것처럼 넋이 나가 있었다.

일단은 내가 안전한 사람이라는 것을 증명하는 게 필요하다는 생각이 들었다. 이 상황에서 비명을 지르거나 기절을 한다면 곤란했다.

나는 몇 발짝 뒤로 물러나면서 양손을 들어올렸다. 천천히 무릎을 구부려 여자와 눈높이를 맞추었다. 여자가 손으로 자신의 몸을 감쌌다. 눈빛에는 경계가 가득했다.

"병실에 있다가 그쪽 비명 소리를 들었어요. 어떻게 된 겁니까?"

"환자…… 세요?"

"그런 셈이죠."

여자의 눈길이 내 팔목을 감고 있는 붕대에 머물러 있었다. 그렇지만 여자는 나에 대한 의심을 완전히 거두지는 못한 듯했다. 허리를 곧추세우며 제대로 앉으려고 애를 쓰고 있었지만 마음대로 움직일 수 없는 모양이었다. 그 모습을 보고 있자니 왠지 모르게 안쓰러움이 느껴졌다.

"몸은 괜찮아요? 무슨 일이 있었습니까?"

잠시 망설이던 여자가 손가락을 들어올렸다. 어두컴컴한 기계들 사이로 겨우 한 사람이 지나갈 만한 통로가 보였다.

"저기? 저기에는 아무것도 없잖아요."

"당장…… 여기서 나가야 돼요. 들키면 끝장이에요."

여자가 몸서리를 쳤다. 텅 빈 눈동자 속으로 보았던 것들이 흘러가는 듯했지만 뭔지는 알 수 없었다.

"옷에 피가 묻어 있어요. 누가 그런 거예요?"

"저, 저 안에 사람들이 누워 있어요. 실험을 당하는 것 같았어요. 저, 전 너무 무서워서……."

여자가 기어이 울음을 터뜨렸다.

병원에 영안실이나 실험실이 있다는 건 그리 놀라운 일은 아니었다. 하지만 사살과 생포를 운운하던 그들의 대화를 감안하면, 나처럼 갇혀 있다가 살해를 당한 사람인지도 모를 일이었다. 나는 여자의 울음이 잦아들기를 기다렸다가 질문을 던졌다.

"혹시 나처럼 환자복을 입은 남자는 못 봤나요?"

"살아있는 사람은 그쪽이 처음이에요."

병실에서 탈출한 그 사람과 이 여자가 같은 사람인 걸까? 궁금했지만 지금은 그보다 더 중요한 문제들이 널려 있었다.

"이 병원에는 어쩌다가 온 겁니까?"

"잘 모르겠어요. 기억을 잃은 것 같아요. 도대체 어떻게 된 건지……. 남편하고 여행을 왔는데, 깨어보니까 침대 위에 누워 있었어요. 그리고 내 옆에는 그 여자들이……."

"잠깐만요. 저도 아내랑 여행을 왔습니다. 이 병원에 어떻게 들어온 건지도 기억이 안 나고요."

"네?"

흐릿했던 여자의 눈동자가 비로소 선명해졌다. 여자와 나는 서로의 얼굴을 바라보면서 한동안 말을 잊었다. 나도 모르게 숨이 가빠졌다.

"혹시, 마지막으로 기억하는 장면이 뭡니까? 뭐라도 기억이 나는 게 있을 겁니다. 여기서 깨어나기 전에 뭘 하고 있었어요?"

"뭘 하고 있었냐고요?"

"네, 뭘 하고 있었는지 기억해내야 돼요."

여자는 손톱을 깨물면서 멍하니 바닥을 바라보았다. 얼마 지나지 않아 여자가 다급하게 말했다.

"아…… 생각났어요. 어제는 하루 종일 동쪽 보호구역을 탐험했어요. 호텔로 돌아와서 잠든 게 마지막 기억이에요."

동쪽 보호구역이라면 나도 탐험을 했던 곳이다. 원주민 길잡이를 따라서 희귀한 토종식물과 동물들, 해안절벽, 세계에서 가장 오래되었다는 공동묘지를 구경하는 당일치기 코스였다.

사륜구동 자동차를 타고서 보호구역 입구에 다다르면 5킬로미터에 달하는 거리를 걸어 다녀야 했다. 힘들긴 했지만 한 번쯤은 해 만한 체험이기는 했다. 머릿속의 퍼즐들이 이리저리 방향을 바꾸었다.

"저기, 숙소가 중앙호텔이었습니까?"

"맞아요, 그걸 어떻게 아세요?"

여자가 반색을 했다.

"나는 그 호텔 10층에 있었어요. 그쪽은요?"

"전……. 그러니까……."

여자가 더 이상 기억이 나지 않는다는 듯 괴로운 표정을 지었다. 그녀를 바라보는 내 표정도 왠지 그녀와 같을 것 같았다. 그 심정이 어떤지는 누구보다도 잘 알고 있었다.

"저기…… 그쪽 아내분은 어디 있죠? 제 남편도 여기에 잡혀온 걸까요?"

"그럴지도 몰라요."

가슴이 세차게 뛰기 시작했다. 논리적으로 가능한 설명은 하나였다. 같은 숙소에 있던 손님들이, 자는 동안에 집단적으로 납치를 당했다. 그리고 같은 병원에 감금된 것이다. 여자가 당할 뻔한 '실험'

을 위해서. 그러나 그게 대체 무슨 실험이란 말인가. 또 누가 살아있는 사람들을 상대로 그런 범죄를 감히 저지른단 말인가.

"사람들이 누워 있는 곳은 여기서 얼마나 걸리죠?"

"한 삼십 분 정도 걸렸던 것 같아요."

여자가 몸을 부르르 떨었다.

"다들 수술대에 누운 채로 머리에 이상한 장치가 연결돼 있었어요."

가슴이 철렁했다.

그 사람들 중에 설마 아내가 포함돼 있지는 않을까. 만약 나와 함께 납치가 되었다면, 저들이 아내에게도 실험을 할 터였다. 아직까지 사살이 되지 않았다면 말이다……. 누군가가 창자를 꽉 움켜쥔 것 같았다. 그런 일은 생각하기도 싫었다. 더군다나 그 중에 아내가 있다고 하더라도, 막상 아내를 알아볼 수 있을지 의문스러웠다. 나는 아내의 얼굴마저 잊어버리고 있는 처지가 아닌가.

"실험을 하던 놈들은 몇 명이나 되죠?"

"한 명이었어요. 잠시 자리를 비운 틈을 타서 도망친 거예요. 한 명만 본 것뿐이지, 누군가 또 있을지도 모르고요."

내부에 또 다른 비상계단이 있을까…….

보안 팀을 부르라던 소장의 말이 떠올랐다. 상당한 훈련을 받고 조직적으로 움직이는 사람들이 있다는 뜻이다. 어떻게든 그들과 마주치는 것만은 피해야 한다. 사살을 하지 말라고 했던 건 내게 쓸모가 남아 있다는 의미일 터였다. 놈들에게 잡혔다간 끌려가서 무슨 실험을 당할지 몰랐다. 게다가 다음번에는 탈출이 더욱 어려워질 것이다.

나는 마른세수를 했다. 서둘러야 한다. 심장이 뛰기 시작했다. 보안 팀이 벌써 수색을 시작했을지도 모른다.

쾅쾅쾅.

그때 기다렸다는 듯 비상출입구 쪽에서 요란한 소리가 들렸다. 여자와 나는 순간적으로 서로를 바라보았다.

"누구죠?"

"쉿."

누군가가 잠긴 문을 흔들어대고 있었다. 여자가 울음을 억누르며 고개를 끄덕였다. 나는 발소리를 죽이고 출입구로 되돌아갔다. 손잡이가 맹렬하게 덜컹거리고 있었지만 문을 열기에는 역부족인 듯했다.

"최하층입니다. 여기에 있는 것 같습니다."

어딘가에 지원을 요청하는 남자의 목소리였다.

응답이 되돌아오는 듯했지만 잡음 때문인지 알아들을 수 없었다. 잠시 후에 절도 있는 발걸음 소리가 계단을 따라 신속히 멀어져 갔다. 나는 여자에게로 되돌아와 속삭였다.

"곧 이리로 들어올 겁니다. 아까 병실에서 나오다가 나를 생포하라는 저놈들의 말을 엿들었어요."

"그럼 이제 어쩌죠? 1층으로 가야 하는 것 아닌가요?"

"이쪽 비상출입구는 막혔고, 엘리베이터도 없어요. 실험을 하던 놈을 붙잡아서 출구가 어딘지, 사람들을 어떻게 했는지 들어야겠어요."

"그게 가능할까요?"

"한 놈이길 바라야죠. 둘이서 몰래 덮친다면 승산이 없는 건 아니에요."

"하지만…… 다시 돌아가고 싶지 않은데요."

여자가 아랫배를 손으로 감싸며 기계들 사이에 난 좁은 통로를
쳐다보았다. 자신이 보았던 것들을 다시 대면하기가 두려운 듯 몸
을 부르르 떨었다. 원인 모를 애처로움이 다시금 일렁였다. 언제 기
절을 할지 모르는 지금의 내 몸 상태로는 벅찰 듯했지만, 어쨌거나
지금은 다른 수가 없었다.

"다른 길은 없어요."

이러고 있을 때가 아니었다. 잠긴 문이 언제 열릴지 알 수 없었다.
나는 두 팔과 두 다리에 애써 힘을 밀어 넣었다. 여자도 마지못해
나를 따라 일어났다. 여자는 여전히 맨발이었다.

"이거라도 신어요."

나는 슬리퍼를 여자 쪽으로 내밀었다. 잠시 망설이던 여자가 다
가와서 슬리퍼를 신었다. 그때 여자의 발목에서 검은 글자 같은 것
이 시선을 끌었다.

"잠깐만요. 이게 뭐예요?"

"뭐가요?"

여자가 내 시선을 따라 치맛자락을 들어 올렸다. 발목 뒤편을 돌
아보았다. 뚜렷한 검은색으로 새겨진 일련번호.

[31-0001-B]

"이게 대체……."

여자가 글자를 손가락으로 문지르기 시작했다. 그 정도로는 어림
도 없었다. 나는 서둘러 내 발목을 확인했다. 같은 자리에 다른 일련
번호가 새겨져 있었다. 내 기억이 맞다면 병실의 팻말에 찍혀 있던

일련번호와 같은 배열이었다.

"제가 새긴 게 아니에요."

"병원 놈들이 새긴 겁니다."

"병원에서요?"

"우리를 관리하기 위해서겠죠. 아마도 잡혀온 사람들이 한둘이 아닐 겁니다."

"전…… 여기서 꼭 나가야만 해요. 남편도 여기 있을지 모르고요."

무언가를 더 말하려던 여자가 입술을 꽉 깨물었다.

"이쪽이에요."

여자는 그렇게 말하면서 어둠이 내려앉은 통로 안으로 걸어 들어갔다. 나는 얼른 그 뒤를 따랐다.

지하는 미로였다.

환기와 수도, 전기를 위해 설치된 기계들이 끝도 없이 이어졌다.

금속 파이프와 호스들, 전선다발은 오래된 식물처럼 사방에 널브러져 있었다.

바닥은 기름과 물이 뒤섞여 미끄러웠다. 맨발이 자꾸만 미끄러졌다. 금방이라도 방향을 잃을 듯했지만 여자는 용케 길을 되짚으며 나를 인도해주고 있었다. 탈출을 위해서는 무슨 짓이든 할 것처럼 결연했다. 나도 여자와 똑같은 심정이었다.

콧속이 따갑고 눈이 매캐해졌다. 바닥과 천장은 거친 엔진소리와 함께 쉴 새 없이 진동하고 있었다.

안쪽으로 들어갈수록 기름 냄새가 짙어졌다. 신선한 공기가 그리웠다. 지상으로 올라가서 폐 속 가득히 지상의 공기를 빨아들이고 싶은 생각이 간절했다. 언제 붙들릴지 모르는 처지를 생각하면 잠시 멈춰 서서 쉴 엄두도 나지 않았다.

외딴 섬에, 그것도 지하에다 이 정도의 첨단시설을 설치해서 무작위로 사람들을 가두고 실험에 이용하다니……. 감히 상상하지도 못할 규모의 범죄 집단임이 분명했다.

비슷비슷한 풍경들이 지나갔다. 미로의 끝에, 거대한 철문이 하나 나타났다. 철문에는 경고의 대각선이 그려져 있었다. 고맙게도 한 사람이 들어갈 수 있을 정도의 틈이 벌어져 있었다.

문득 시간이 궁금해졌다. 정신을 잃은 날로부터 얼마나 시간이 흘렀는지. 오늘은 며칠이고 지금은 또 몇 시인지.

나는 숨을 들이쉬고 내쉬는 것에만 집중하려고 애를 썼다. 조금 더 그렇게 걷자 어딘가에서 악취가 풍겨왔다. 생전 처음 맡아보는, 수상쩍은 화공약품 냄새였다.

벽과 바닥이 지금까지와는 다르게 진동하고 있었다. 앞서가던 여자가 속도를 줄이더니 마침내 걸음을 멈췄다. 여자가 문 앞에서 무릎에 손을 짚고 가쁜 숨을 달랬다. 나는 문으로 다가갔다.

"여깁니까?"

"네."

눈높이에 유리창이 달려 있었다. 유리창에서 내부가 들여다보이긴 했지만 어두운 조명 탓에 정확히 뭐가 있는지 한눈에 파악되지 않았다. 조금 벌어진 문틈으로 환풍기가 돌아가는 소리가 새어 나올 뿐이었다.

나는 조심스럽게 손잡이를 돌렸다. 문의 무게가 만만치 않았다. 체중을 실어서 안으로 문을 밀었을 때, 누군가의 목소리가 들렸다.

돌아가.

언젠가 동굴 앞에서 들어본 적 있는 본능적인 경고의 목소리였다.

나 역시 그러고 싶었지만 이 상황에서 되돌아갈 곳은 없었다. 안으로 나아가는 수밖에 없었다. 나는 이를 악물고 문 안으로 들어섰다. 여자가 뒤를 따랐다. 누구든 우리가 이곳으로 들어온 사실을 알아차리지 않기만을 바라면서 문을 꽉 닫았다.

귀가 얼얼할 정도로 돌아가던 환풍기 소리가 순식간에 잦아들었다.

저만치 안쪽에서 불빛이 흘러들어오고 있었다. 양옆에 난간이 달린, 좁다란 복도가 불빛 쪽으로 이어졌다.

나는 난간을 붙들고 천천히 걸음을 옮겼다. 난간이 끊긴 자리에 멈춰 서자 비로소 아래가 훤히 내려다보였다.

이걸 본 적이 있어.

본 적이 있다니…… 또다시 말도 안 되는 기시감 때문에 속이 울렁거렸다.

창고 몇 개를 연결한 것 같은, 널찍한 공간이었다.

사람이라고는 코빼기도 보이지 않았다.

내가 있는 자리로부터 벽면을 따라 한 사람이 걸어 다닐 수 있을 정도의 좁다란 복도가 설치돼 있었고, 가슴까지 올라오는 투명한 난간이 가장자리를 감싸고 있었다. 위에서 내려다보는 용도로 설치된 듯했다.

나는 감시원이 된 것처럼 난간을 따라 걸으면서 내부를 살폈다. 홀의 내부 벽면에는 5미터 정도의 간격을 두고 뚫려 있는 널찍한 두 개의 통로가 보였다. 통로의 끝은 각각 다른 공간으로 이어지는 듯했다. 천장 높이로 적재된 잡다한 물품들이 난간 아래에 쌓여 있었다. 그 외에도 몸을 숨길 곳은 얼마든지 있었다.

난간이 끊기고 경사가 가파른 계단이 시작되고 있었다. 나는 몸을 숙이고 주변을 두리번거리다 지렛대로 짐작되는 쇠막대기 하나를 찾아냈다. 여자가 곁으로 다가왔다.

"당신이 봤다는 놈은 어디에 있었습니까?"

"오른쪽 통로 끝에 실험실이 있어요. 하지만 제가 도망칠 땐 자리에 없었어요."

"놈이 어디 있는지 위치부터 파악하는 게 좋겠어요. 내가 오른쪽 통로로 갈 테니, 그쪽이 왼쪽 통로로 가요. 혹시 놈을 발견하면 조용히 저한테로 돌아와요. 이걸로 기절을 시킬 겁니다. 손발을 묶을 끈도 찾아야 돼요."

여자가 잠시 망설이더니 고개를 끄덕였다.

우리는 계단을 내려갔다.

아직도 사람은 보이지 않았고 나타날 기미도 없어 보였다.

계단을 완전히 내려온 나는 아래층을 둘러보았다. 호흡을 할 때마다 불쾌한 냄새가 희미하게 느껴졌다. 강한 소독약 냄새로 덮어씌우긴 했지만, 아무래도 피비린내인 듯했다.

세 대의 검은색 기계를 차례로 지나갔다.

기계의 전원은 모두 꺼져 있었다. 용도를 전혀 짐작할 수 없는 기계들이었지만 무한대 기호만큼은 또렷하게 박혀 있었다. 기계마다 2톤 분량은 족히 될 것 같은 커다란 탱크가 붙어 있었고, 탱크로 이어지는 투입구는 뒤집힌 깔때기 모양이었다. 투입구까지 올라갈 수 있도록 간이 사다리가 달려 있었는데 맨 아래쪽엔 모터와 컨트롤러가 연결돼 있었다. 마치 병원 아래 공장이 가동되고 있는 듯한 느낌이었다.

기계의 뒤편으로 돌아가자, 나 같은 몸집을 가진 사람 열 명은 거뜬히 집어넣을 수 있을 듯한 아크릴 통이 보였다. 믹서처럼 보이는 통은, 검은색 기계와 연결돼 있었다. 일 리터 단위로 눈금이 새겨진 통 속에는 물결무늬로 구부러진 채 겹쳐진, 네 개의 칼날이 멈춰 있었다.

그 아래에는 빨간색 버튼이 빛났다. 언제든지 누르기만 하면 칼날을 회전시킬 준비가 되어 있다는 듯이.

갑자기 사람의 몸통이 그 속에 가득 담긴 채로 돌아가는 장면이 떠올랐다.

나는 발길을 멈췄다.

칼날의 회전음이 끔찍하게 귀를 울렸다. 피와 뼈와 살이 순식간에 곤죽으로 변해버렸다. 그것은 물과 뒤섞여서 호스를 따라 배출구로 흘러 내려갔다. 시설의 유니폼을 입은 사람들이 다가와서 내용물을 계속 채워 넣었다. 거기까지 떠오르자 더 이상 견딜 수가 없었다.

"어디가 아파요?"

누군가 어깨에 손을 갖다 댔다. 일렁거리던 장면들이 안개가 걷히듯 사라져 갔다. 여자였다.

"아무것도 아니에요."

나는 이마의 땀을 훔쳐냈다. 구역질이 날 것 같았지만 이 여자 앞에서 그런 모습을 보이고 싶지는 않았다.

"조심해요."

여자는 걱정스러운 눈빛을 보내면서 왼쪽 통로로 멀어져 갔다.

저 말은 오히려 내가 했어야 했는데……. 너무도 생생한 환각이 다시 덮칠까 봐 두려웠다. 이것도 증상의 일부일까? 잠시 멍하게 서 있던 나는 고개를 저으며 오른쪽 통로로 들어갔다.

6

통로 끝의 미닫이문은 고맙게도 반쯤 열려 있었다.

문에는 'B'라고 쓰인 팻말이 붙어 있었다.

2미터 높이의 원통형 은색 용기들로 가득한 방이었다. 초저온 액화가스를 보관하는 산업용 용기로 짐작되었다. 용기마다 병원의 무한대 기호가 새겨져 있었다.

냉방장치로 짐작되는 뭔가가 돌아가는 소리가 귀를 울렸다. 바닥을 내디딜 때마다 금속 바닥의 냉기가 밀려들었다. 춥기는 했지만 냉기 덕분에, 울렁거리던 속을 진정시킬 수 있었다.

초저온 용기는 어림잡아도 백여 개는 될 것 같았다. 두 사람이 껴안으면 겨우 손끝이 닿을 정도의 둘레였다. 들어 있는 게 어떤 종류의 액화가스라면 이렇게 많은 양이 어디에 어떻게 소모되고 있을지 짐작도 가지 않았다.

나는 가장 가까이에 있는 초저온 용기 앞에서 걸음을 멈췄다. 뚜

껑으로 짐작되는 부분에는 압력계가 세 개 달려 있었다. 이상하게
도 안을 완전히 열어젖힐 수 있도록 두 개의 손잡이가 양쪽으로 달
려 있었는데, 그 옆의 계기판을 조작할 능력이 없다면 손잡이를 열
어볼 생각은 접는 게 옳을 듯했다. 서둘러 돌아서려는 순간 용기 아
랫부분에 작게 새겨진 일련번호가 눈에 들어왔다.

[20-0050-B]

환자의 발목, 병실, 초저온용기.
모두 동일한 배열의 일련번호였다. 문득 섬뜩한 생각이 들었다.
이 안에 들어 있는 게 사람인지도 모른다는…….
그러나 이렇게 많은 수의 사람을 잡아들이는 게 가능할 리 없었다.
게다가 섬에 방문한 여행객들이 연쇄적으로 실종된다면 언젠가는
당국에 꼬리가 잡힐 것이다. 그게 언제가 될지 장담할 수는 없지만.
나는 밀려드는 불길한 생각을 애써 옆으로 밀어냈다. 어쨌거나
이런 상황에서 누군가가 구해주기를 마냥 기다릴 수는 없다. 어떻
게든 빠져나갈 방법을 발견해내야 했다. 대열의 끝까지 걸어가자
주차장처럼 안전선이 그려진 텅 빈 공간이 드러났다.
각각 종류가 다른 것으로 짐작되는 약품 상자가 쌓여 있었다.
나는 쇠파이프를 움켜쥐고 사방을 살폈다. 목표물은 보이지 않았
다. 벽면에 커다란 탱크가 달린 컨테이너 박스가 보였다. 여자가 말
한 실험실인 듯했다. 탱크에는 꼭대기로 올라갈 수 있도록 사다리
가 달려 있었다.
오른편으로 고개를 돌리자 그토록 찾아 헤매던 비상출입구가 눈

에 들어왔다. 비상출입구는 홀로그램 도어로 검게 차단돼 있었다. 여자는 공포에 휩싸여서 달아나느라 미처 그걸 발견하지 못했을 터였다. 컨테이너를 지나 곧장 비상출입구로 향하려는데, 느닷없이 그쪽에서 웅성거리는 소리가 들려왔다.

누군가 있다.

여자가 말한 사람인지 아닌지 확신할 수는 없었지만, 적어도 시설과 관련된 사람일 터였다. 심장이 쿵쿵 뛰었다. 컨테이너 외에는 곧장 몸을 숨길 만한 곳이 없었다. 나는 네 개의 계단을 성큼성큼 올라서 문틈을 살폈다. 내부는 텅 비어 있었다. 벽면에 띄워진 스크린에서 수치와 그래프가 시시각각 약동하고 있을 뿐이었다.

안으로 들어서자마자 비상출입구에서 이쪽으로 뚜벅뚜벅 걸어 들어오는 하나의 발소리가 들렸다.

나는 소리가 나지 않도록 문을 꽉 닫았다.

문 옆에 서서 가빠진 호흡을 다스리며 귀를 기울였다. 발소리가 점점 가까워졌다. 그가 여기로 들어오지 않기만을 바랐지만, 동시에 상대가 들이닥칠 경우를 대비해야만 했다.

내부는 기묘한 형태의 복층 구조였다.

파이프 난간이 달린 계단이 아래로 뻗어 있었는데, 아래층은 실험실 겸 사무실인 듯했다. 그리고 내가 서 있는 자리에서부터 안쪽으로, 기다란 통로가 나 있었다. 통로를 따라서 유리창이 붙어 있었지만 희뿌연 필름 탓에 내부가 들여다보이지는 않았다.

발소리는 이제 실험실 바로 근처까지 다가왔다.

나는 무기를 꽉 붙든 채 휘두를 준비를 했다. 긴장과 흥분으로 인해 온몸이 터질 듯했다. 그러나 상대는 예상과는 달리 곧장 실험실로 들어오지 않았다. 그 대신 탱크에 달린 사다리를 올라가는 소리가 컨테이너 내부를 울렸다.

한 걸음.

또 한 걸음.

손아귀에서 자꾸만 땀이 솟았다. 쇠파이프가 미끄러지지 않도록 허벅지에다 손바닥을 번갈아 문질렀다. 액체를 콸콸 쏟아 붓는 소리가 들렸다. 그는 탱크에다 뭔가를 집어넣고 있었다.

저 작업이 끝나면 이리로 들어오게 될까?

"데이터 저장 완료. 보안에 각별히 유의하시기 바랍니다."

느닷없이 계단 아래서 음성이 들렸다.

몸을 낮춰 아래쪽을 살폈지만 아무도 보이지 않았다. 아마도 저 안쪽 벽면에 설치된 직사각형 기계에서 흘러나온 소리인 듯했다.

기계에 붙은 스크린에서 100%라는 숫자가 깜박였다.

배출구가 부르르 진동하더니 아래로 뭔가가 떨어져 내렸다.

다행히 기계의 음성이 그를 자극하지는 않은 듯했다. 작업을 마친 그는 탱크에서 내려와 서성거리더니 직선으로 멀어져갔다. 이윽고 그 소리마저 완전히 사라졌다. 비상출입구로 나가버린 모양이었다.

여기서 나가려면 지금이 기회였다. 곧바로 자리를 잡고 놈을 습격해야 한다. 그러나 본능이 나에게 속삭였다.

아직 시간이 있어. 저게 뭔지 확인해야 돼.

나는 계단을 조심스러우면서도 민첩하게 내려갔다. 실험실 한쪽 벽면에 간이침대가 놓여 있었다. 조도가 낮은 스탠드가 켜져 있었다.

너무도 아늑하게 느껴져서 이런 상황이 아니라면 거기서 눈을 붙이며 쉬고 싶을 정도였다.

가죽으로 된 회전의자는 누군가 오랫동안 앉아 있었던 것처럼 한 가운데가 푹 패어 있었다. 책상에는 모니터, 현미경, 해부도, 기압계, 심하게 휘갈긴 탓에 거의 알아볼 수 없을 정도의 글자로 뒤덮인 기록장 따위가 널브러져 있었다. 책상 앞의 스크린을 보자마자 숨이 막혔다.

사람의 뇌 단면도였다.

그 아래로 똑같이 생긴 자그마한 뇌 단면도가 여섯 개 더 있었고, 실시간으로 수치가 변화하고 있었다.

순간 머릿속이 새하얘지면서, 처음으로 기억을 떠올렸을 때와 같이 폭발적으로 기억들이 솟구쳐 올라왔다.

중앙의 뇌 단면도는 단순한 뇌 단면도가 아니었다. 한 사람의 기억회로를 고스란히 데이터로 옮긴 뒤 압축한 결과물이었다. 메인 서버 또는 저장장치를 이용하면 한 사람의 기억을 영원히 보존하거나, 다른 사람에게 이식할 수도 있다. 아직까지는 기술과 윤리의 제한 때문에 발전하지 못하고 있지만 향후 수십 년 내에는 현실이 될지도 모르는 일이었다.

생각을 좀 더 이어나갈 수 있을 듯한 기분이 들었지만 머뭇거릴 틈이 없었다.

나는 서둘러 기계의 배출구를 더듬었다.

손에 잡힌 것은 유리로 만든 동전이었다.

불빛 아래 그것을 이리저리 기울여보았다. 동전의 한가운데는 지름이 1센티미터도 채 되지 않는 동그란 은회색 플래터가 특유의 무지갯빛으로 번득였다.

가장 아래쪽에 일련번호가 음각으로 새겨져 있었다. 가장자리는 플래터와 같은 재질의 은회색 금속으로 마감돼 있었다. 저장장치인 듯했다.

설마 뇌에서 추출한 데이터를 저장한 것일까?

잠시 정신을 차릴 수 없었다.

내 추론이 사실이라면 엄청난 일이었다. 이 자그마한 동전 하나가 바로 한 사람의 일생일 수도 있었으니까. 나는 환자복 주머니에 그것을 집어넣었다.

탈출에 성공하면 이거야말로 놈들이 저지른 짓에 대한 결정적인 증거물이 되어줄 것이다. 물론 순수하게 그것의 원리를 분석해보고 싶은 학자로서의 호기심도 없지 않았다.

다시 계단을 올라가려는 순간이었다.

동그란 창문이 달린 문이 눈길을 끌었다. 여자가 말한 실험실인 듯했다.

문에 달린 동그란 창문으로 내부를 살필 수 있을 듯했다. 그러나 문 앞에 서자마자 이상한 진동이 느껴졌다.

"인증을 시작합니다. 움직이지 마십시오."

문 앞 스크린에 자동으로 보안 경고 메시지가 떠올랐다.

그대로 온몸이 굳었다. 창문을 통해 본 실험실 내부에는 침대마다 환자복 차림의 사람들이 누워 있었다.

마음이 조급해졌다. 어쩌면 아내가 저기 누워있을지도 모른다. 그러나 문을 잡아 흔드는 순간, 찌릿한 전류가 몸을 파고들었다.

손에서 쇠파이프가 굴러 떨어졌다.

더 이상 움직여서는 안 될 것 같았다. 홀로그램 장막이 수직으로 펼쳐졌다. 붉은빛으로 만든 촘촘한 그물 같았다.

홀로그램은 조금씩 속도를 올려 내 몸을 스캔하기 시작했다. 나는 눈을 질끈 감았다. 몇 초도 되지 않을 짧은 시간, 숨을 쉴 수가 없었다. 빛은 아무런 고통 없이 내 몸을 헤집었다.

이제 경보 알람이 울어대고 사람들이 달려올 것이다. 하지만 모든 게 조용하기만 했다.

나는 한 발짝 뒤로 물러났다.

다시 또 한 발짝.

마지막으로 계단의 디딤판에 발을 올려놓는 순간, 놀랍게도 실험실 문이 열렸다.

"인증되었습니다."

멈춰 있던 심장이 다시 쿵쿵 뛰었다.

안으로 들어서자 자동으로 조명이 들어왔고, 소독약이 분사됐다. 소독 연기가 걷히자 나란히 놓인 여섯 개의 침대가 보였다. 비어 있는 침대는 하나였다. 여자는 저기에서 깨어났을 것이다.

여기 있던 자는 아직도 여자가 달아났다는 사실을 눈치채지 못한 게 틀림없었다. 나머지 다섯 개의 침대에 사람들이 눈을 감고 누워 있었다. 그들의 머리에는 병실에서 본 적 있는 장치가 연결되어 있었다.

수술대마다 위협적인 해부용 도구들이 말끔하게 세척된 채 조명을 반사하고 있었다. 어딘가에서 피비린내가 강하게 풍겨오고 있었다.

나는 자석이라도 된 듯 그 냄새를 따라 안으로 끌려 들어갔다. 사람들의 얼굴을 확인하다 얼어붙은 것처럼 몸이 굳었다.

수술대에 누워 있는 건…… 그 여자였다.

아까 만났던 여자, 나를 여기까지 데려온 여자. 지금쯤 왼쪽 통로에서 출구를 찾고 있을 그 여자. 다섯 명 모두가 그 여자와 똑같은 얼굴이었다.

이럴 수는 없어.

머리는 논리적인 답을 내놓는 대신 눈앞을 핑 돌게 만들었다. 감당하기에 너무 벅찬 눈 앞의 광경에 온몸이 부들부들 떨렸다. 도망쳐야 한다는 생각이 들긴 했지만 발바닥이 중력에 묶이기라도 한 것처럼 꼼짝할 수 없었다.

정신을 차리라고, 이제는 도망칠 때라고, 온몸의 세포가 외쳐댔다. 그러나 이번에는 발걸음이 나를 맞은편 유리 저장고 앞으로 이끌었다. 가슴이 조여 들었다.

기포가 부글거리는 병에 사람의 뇌가 들어 있었다.

표본처럼 보관 중인 분홍색의 뇌는 방금 적출된 것 같았고, 스스로 생명을 가지고 있기라도 한 것처럼 움찔거리고 있었다. 그 뇌의 미세하고 불규칙적인 동요가 여기가 단순한 병원이 아니라는 걸 증명하는 듯했다.

나는 눈을 가늘게 떴다. 여기에도 자그맣게 일련번호가 새겨져 있었다. 뇌를 밀봉한 유리병, 저장장치, 초저온용기, 병실, 그리고 내 발목까지.

뇌에 연결된 전선의 끝은 침대 옆에 놓인 여섯 개의 장치로 이어졌고, 장치는 다시 누워 있는 사람들과 연결돼 있었다.

이게 뭘 뜻하는 걸까?

이곳 병원은 사람과 꼭 닮은 안드로이드를 만들어낼 수 있다. 또한 한 사람이 가진 기억 전체를 저장할 수 있는 수준의 기술을 가졌다. 그렇다면 복제인간을 만들어내는 것도 불가능하지는 않았을 것이다…….

눈앞이 핑 돌았다.

식은땀이 흐르면서 가슴 깊은 곳에서부터 시큼한 기운이 역류하기 시작했다. 책상이 뒤흔들리며 실험 도구 몇 개가 와르르 무너졌다. 그로기 상태에 빠진 권투선수처럼 나는 허둥거렸다. 여자의 시체, 살아있는 뇌, 이것들로부터 당장 벗어나고 싶었다. 그러나 마음과는 달리 눈꺼풀이 감기며 잠이 몰려오기 시작했다.

'갑작스럽게 의식을 잃으실 수 있다는 얘기예요. 위험한 활동을 하거나 사람들이 없는 곳에서 기절하면 크게 다칠 수도 있어요.'

간호사가 했던 말이 귓가에 쟁쟁했다.

나는 파이프 난간을 꽉 붙들었다. 아무데서나 기절할 수 있다는 기면증 증상이 시작되고 있음을 깨달았다. 하지만 여기서 정신을 잃을 수는 없었다. 이를 악물고 계단을 오르려고 했지만 몇 발짝도 떼지 못하고 허리가 꺾였다. 입 밖으로 걸쭉한 액체가 뚝뚝 흘러내렸다. 그러고 보니 언제 무엇을 먹었는지 기억이 아득했다.

몇 차례 더 그렇게 하자 겨우 속이 가라앉았다. 나는 무릎에 손을 짚은 자세 그대로 숨을 몰아쉬다가 고개를 들어올렸다. 그자가 다시 돌아온다면 누군가 다녀갔음을 알아차릴 것이다.

나는 남은 힘을 다해서 실험실 밖으로 뛰쳐나갔다.

숨을 크게 들이마시며 주변을 살폈다. 아무도 보이지 않았다. 잠시라도 어딘가에 기대어 어지럼증을 달래야 했다. 주변을 두리번거리자 난간 아래 유리병, 노란색 화학 약품들과 상자, 이동식 카트가 두서없이 쌓여 있었다. 나는 그 아래 몸을 숨기고 호흡을 가다듬었다.

다시금 졸음이 몰려왔다.

나는 정신을 차리기 위해서 소매를 걷었다. 오른쪽 팔목을 힘껏 물어뜯었다. 붉은 이빨자국 사이로 슬며시 피가 배어나왔다.

통증 덕분에 다시금 제정신이 들었다. 그제야 왼쪽 팔목을 감은 붕대와 정확히 같은 자리를 물어뜯었음을 깨달았다. 어쩌면 이 흔적은, 내가 기절하지 않기 위해 일부러 냈던 건지도 모르겠다는 생각이 들었다.

그때 초저온 용기들 사이로 누군가 달려오는 게 보였다.

나는 반사적으로 몸을 숙였다. 어느 틈엔가 실험실 앞에 다다른 여자가 가쁜 숨을 몰아쉬고 있었다. 여자는 뒤를 살피면서 실험실 문을 열었다. 그 안에 내가 있을 거라고 짐작한 모양이었다. 자신을 닮은 시체를 맞닥뜨리면 저 여자는 어떤 반응을 보일지 궁금했다. 아니, 여자가 애당초 공포에 질렸던 건 그 때문이었는지도 모른다.

"저기요, 누가 쫓아오고 있어요."

실험실의 문틈에 대고 여자가 속삭였다.

차가운 입김이 뿜어져 나왔다. 나는 몸을 부르르 떨었다. 저 여자의 정체가 뭔지 궁금했다. 여자가 과연 살아있는 사람일지 아니면 간호사처럼 안드로이드일지 확신하기 힘들었다. 만일 안드로이드라면 간호사와 비교도 할 수 없을 정도의 정교함을 무슨 수로 구현했단 말인가.

게다가 저 여자는 스스로가 인간임을 철썩 같이 믿고 있는 듯했다. 남편을 찾아야 한다고 얘기했을 때의 눈빛은 결코 거짓이 아니었다⋯⋯. 머리가 멍했다. 이대로 여자와 함께 탈출하겠다는 결심이 과연 옳은 것일까.

좀 더 판단해보고 싶었지만, 비상출입구에서 누군가 나타났다. 그는 방독면을 쓰고 있었다. 한 손에는 무한대 기호가 그려진 약통이 들려 있었다. 체격과 키로 보아 남자가 틀림없었다.

"아직 깨어나면 안 돼."

여자가 반사적으로 몸을 홱 하고 돌렸다. 남자가 여자 쪽으로 다가오고 있었다.

"실험실로 돌아가지."

방독면의 울림 탓에 확실치는 않았지만, 어디서 들어본 것 같은 목소리였다. 저 남자가 실험을 진행하고 있는 놈일 터였다. 빨간색의 앞치마와 장갑을 끼고 있었지만 회색 유니폼은 간호사와 동일했다. 나는 꼼짝도 할 수 없었다.

"저, 저리 가요."

여자가 두 팔을 휘저으면서 뒤로 물러났다.

남자는 아랑곳하지 않고 한 발 더 내디뎠다.

여자가 도망칠 곳을 찾아 사방을 두리번거리더니 다시 방을 나가려는 듯 방향을 틀었다. 순간, 여자와 내 눈이 마주쳤다.

여자가 발길을 멈췄다. 여자의 눈엔 절실함이 가득했다. 그 눈을 보자 가슴이 무너져 내리는 것 같은 기분이 들었다. 두려움이 아니었다. 그보다 훨씬 복합적인 감정이었다. 죄책감과 슬픔, 불안함과 안타까움. 따로 떼어놓을 수 없을 듯 하나로 뒤섞인 감정들이 순식간에 나를 휩쓸었고, 스스로가 도무지 왜 이러는지 이해할 수가 없었다. 복제인간이든 아니든, 중요한 건 그게 아니라는 생각이 들었다. 일단 저 여자를 보호하고 싶었다.

남자는 아직 내 존재를 눈치채지 못하고 있었다. 남자가 여자를 곧 붙잡을 것만 같았다. 쇠파이프라도 있어야 했는데……. 맨몸으로 돌격하는 수밖에는 없었다.

나는 남자가 눈치채지 못하도록 발소리를 최대한 죽이며 그에게로 달려들었다. 온힘을 다해 뛰어오른 나는 체중을 실어 그를 넘어뜨렸다.

예상치 못했다는 듯 남자가 너무 쉽게 바닥에 처박혔다. 상자가 와르르 무너졌다.

나는 남자의 목을 팔로 휘감았다. 남자가 버둥거렸다. 안간힘을 다해 체중으로 놈을 짓누르면서 목을 옭아맸다. 나를 도우려는 듯 달아나던 여자가 이쪽으로 달려오고 있었다.

처음의 계획대로 놈을 인질로 삼고, 이곳에 대한 정보를 캐내야만 했다.

그때 뒤쪽에서 외치는 소리가 울려 퍼졌다.

"움직이지 마!"

세 명의 요원들이 어느 틈엔가 여자의 뒤편으로 나타났다.

그들은 멀리서도 눈에 띄는 밝은 주황색 유니폼 차림이었고, 중무장을 하고 있었다. 저들이 통화 중에 들었던 보안 팀 요원들인 듯했다. 어쩌면 간호사와 같은 안드로이드인지도 몰랐다. 누군가의 명령을 받고 의심 없이 움직이는 기계덩어리인지도……. 하지만 웬일인지 요원들은 여자가 아닌, 나와 남자를 바라보고 있었다.

"여자부터 잡아!"

내 몸 아래 깔린 남자가 소리를 질렀다.

요원들이 곧바로 고개를 돌리더니 여자 쪽을 향해 시선을 고정했다.

남자는 미친 듯이 몸을 뒤틀며 빠져나가려 했지만 그를 놓아줄 생각은 조금도 없었다.

여자는 아직도 그 자리에 서서 우리를 바라보았다가, 달아날 곳을 찾아 두리번거렸다가를 반복하고 있었다.

저쪽이야. 얼른 저 비상출입구로 나가라고.

그렇게 외치고 싶었지만 그럴 틈이 없었다. 그 순간 몸이 뒤집혔다. 상황은 역전되어 어느새 남자가 내 팔과 다리를 완전히 제압해버렸다. 바닥을 얼굴에 붙인 채로 헐떡거리는 수밖에 없었다. 또다시 잠이 몰려오는 느낌이었다.

"거의 다 됐어. 곧 나갈 수 있을 거야."

남자는 내 귀에만 겨우 들릴 만큼 작은 소리로 속삭였다. 이상한 말이었다. 나는 의식을 잃지 않기 위해 눈을 부릅떠야 했다. 마침내 여자가 비상출입구 쪽을 향해 달아나기 시작했다.

몸이 움직여지지 않았다.

내 것이라고 믿기 힘든, 기묘한 신음이 비어져 나왔다. 뱃속이 뒤틀리며 남자에 대한 증오심이 솟구쳤다.

언제부터 이런 곳에 처박혀서 실험을 해온 것일까. 그동안 얼마나 많은 사람들이 희생됐을지 상상도 가지 않았다. 방독면을 벗겨낸 놈이 정신을 잃을 때까지 얼굴을 갈기고 싶은 심정이었다. 하지만 그것만으론 분이 풀리지 않을 듯했다.

여자가 비상출입구에 다다랐다. 몸의 절반이 출입구를 빠져 나가는 순간, 뭔가가 빠르게 여자 쪽으로 날아들었다. 밝은 주황색 표식이 여자의 종아리 뒤편에 명중했다. 여자가 비명을 질렀다.

요원 중 한 명이 저만치 뒤편에서, 조준경에 눈을 갖다 댄 채 총구를 겨누고 있었다.

여자는 뒤를 돌더니 취한 사람처럼 비틀거렸다. 자신에게로 달려오는 세 명의 요원들을 바라보다가 벽에 몸을 기댔다. 그러나 몇 초도 버티지 못하고 바닥으로 고꾸라졌다. 마취총인 것 같았다. 생포를 하라는 의미가 마취를 하라는 의미였을까. 눈에서 불이 일어나는 것 같았다.

"지금은 일단 저항하지 말고, 순순히 잡혀 가라고."

남자가 속삭였다. 다음 순간 남자가 기합을 내질렀다. 타격감과 함께 눈앞에 섬광이 일었다.

몇 초 동안 아무것도 보이지 않았다.

팔다리에 힘이 빠져 움직일 수도 없었다.

이대로 정신을 잃을 순 없었다. 나는 가까스로 몸을 가누었고, 남자의 뒷모습을 찾아 사방을 훑었지만 남자는 어디에도 없었다. 그 대신 요원들이 2미터도 채 남지 않은 거리를 남겨두고 여자를 향해 돌진하고 있는 모습이 보였다.

남자가 내버려둔 약통이 보였다. 손잡이가 거의 닿을락말락한 거리에 있었다. 약통을 잡으려고 아등바등 거리는 꼴이 꼭 물속에서 헤엄치는 듯했다.

불꽃이 튀어 오르는 소리가 들렸다. 요원들이 여자를 에워싸는 바람에 확신할 수 없었지만 전기충격기를 쓴 모양이었다. 여자는 기절한 듯 그 자리에서 축 늘어졌다.

잠시 후에 요원들에게 양쪽 팔을 하나씩 내맡긴 여자가 질질 끌려가기 시작했다.

"저놈도 마취시켜."

대장으로 짐작되는 요원이 나를 가리키며 말했다.

그때 조명이 꺼졌다. 눈앞의 풍경이 순식간에 암흑 속에 잠겨버렸다.

동력을 잃은 기계들은 이상한 소음을 발하며 멈췄다. 몇 초 동안 완벽한 침묵이 감돌았다. 이런 기회를 놓쳐서는 안 된다는 생각에 나는 양 무릎에 힘을 주고 죽을힘을 다해 일어섰다. 몸이 후들거렸다. 일단은 몸을 숨겨야 한다.

"스위치보드 확인할까요?"

"됐어. 정전이라면 5분 내로 예비 전력이 돌아갈 거야. 손전등은?"

어둠 속에서 목소리가 울려 퍼졌다. 나는 상자 뒤편 그늘에 숨어 동태를 살폈다. 가느다란 빛줄기 몇 개가 서로 엇갈리며 어둠을 헤집고 있었다.

"어디로 갔지?"

발소리가 가까워졌다. 바닥을 살피자 잘려나간 전선이 동그랗게 말려 있는 모습이 보였다. 하지만 전선은 상자 바깥에 뻗어나가 있었으므로 줍는 순간 위치가 노출될 게 뻔했다. 나는 마른침을 삼켰다. 어차피 이대로라면 끌려가는 것은 시간 문제였다.

최대한 가까이 다가오길 기다렸다가 무기를 빼앗는 것이 최선일 듯싶었다. 마침내 요원의 그림자가 바닥에 어른거렸다. 주먹을 꽉 쥐는 순간, 통로의 저편에서 빈 통이 굴러 떨어지는 소리가 들렸다. 손전등 빛줄기가 일제히 그쪽을 향했다.

"저기다."

누군가가 소리쳤다. 내게로 다가오던 요원이 방향을 틀어 보관실 입구를 향해 달려가기 시작했다. 정전과 소음이 너무도 절묘해서 누군가가 일부러 도와주는 것은 아닐까 하는 생각마저 들었다. 다급하게 멀어지는 발소리, 그 뒤를 달려가는 요원들의 요란한 소리가 들렸다.

나는 여자가 있었던 자리를 바라보았다.

이제 요원 하나만 남아서 여자를 지키고 있었다. 축 늘어진 여자의 모습을 보자 마음 한구석이 아릿했다. 요원의 손목에서 무한대 기호가 푸른색으로 번득였다. 간호사의 손목에서 보았던 바로 그 장치였다. 지원을 요청하는 것 같았지만 응답은 돌아오지 않았다.

나는 전선을 양손에 움켜쥔 채 발소리를 죽이고 요원의 뒤편으로 천천히 다가갔다.

전선으로 요원의 목을 막 휘감으려던 순간이었다. 느닷없이 묵직한 뭔가가 날아들어 늑골과 늑골 사이의 텅 빈 부분을 정확히 파고들었다. 내 몸이 비틀거리며 허공을 갈랐다.

숨이 컥 막혔다.

쿵, 하는 소리와 함께 나는 쓰러졌다. 바닥에 처박히기까지의 그 짧은 순간 동안 요원이 내가 접근하는 것을 처음부터 눈치챘고, 일격을 가하기 위해 잠자코 때를 기다렸음을 깨달았다. 요원이 다가오는 게 느껴졌지만 급소를 맞은 듯 꼼짝도 할 수 없었다.

숨을 쉴 때마다 지독한 통증이 느껴졌다. 배수판 아래서 피비린내가 섞인 소독약 냄새가 올라왔다. 더는 흐려지는 의식을 막을 수가 없었다.

"죄송합니다. 손상을 입히지 말라는 지시를……."

"걱정 마. 여기만 무사하면 되니까."

쭈그려 앉은 누군가가, 내 관자놀이를 검지로 꾹 눌렀다. 두툼한 전투용 장갑을 끼고 있는 듯했다. 이런 말투는 인공지능으로는 절대로 흉내 낼 수가 없을 것이다. 하지만 정말 그럴까?

딸깍, 하는 소리가 났다. 뜨거운 물을 한꺼번에 피부 아래로 흘려

보낸 것처럼 일 초 만에 전류의 물결이 온몸을 휩쓸었다. 몸을 가눌 수 없을 정도의 고통이 몰아닥쳤다. 근육이 통제를 벗어나 부들부들 떨렸다. 누군가가 저쪽에서 고함을 질렀다. 너무 멀어서 무슨 내용인지 알아들을 수가 없었다. 아니, 알아듣고 싶지 않은 것인지도 몰랐다.

거대한 잠의 바다가 급경사를 이룬 파도로 변해 나를 덮쳐오고 있었다. 남아 있는 의식을 통째로 집어삼키려는 듯했다. 바닥판을 쿵쿵 울리면서 여러 개의 발걸음이 엇갈리고 있었다. 나는 파도에 기꺼이 몸을 내맡겼다.

더 이상 아무것도 보이지 않았다.

7

"무슨 꿈을 그렇게 꿔?"

누군가가 속삭였다.

바다가 한눈에 내다보이는 언덕 위의 글래스하우스.

나는 베란다 창문이 활짝 열린, 거실의 소파 위에서 눈을 떴다.

머리카락이 볼을 간질이고 있었다. 손가락에는 안경이 비스듬하게 걸쳐져 있었다.

창틈으로 해풍이 불어 들어와 바닥에 떨어진 책의 페이지를 앞으로 뒤로 넘겨댔다.

"여기가 어디지?"

"집이잖아."

아내가 웃었다.

그랬다. 오랜 시간을 들여 찾아 헤맨 바로 그 자리에 지어진, 우리 가족의 집이었다.

설계도를 보며 아내와 몇 번이나 상의를 했고, 디자이너와 인부들을 불러 모았고, 마침내 완성된 집 앞에서 서로를 껴안던 장면들이 되살아났다. 실제로 일어났던 일이라는 듯이.

여태 낮잠을 자고 있었던 모양이었다. 창문으로 느긋한 햇살이 밀려들고 있었고, 푸른 바다가 철썩이는 소리가 들렸다. 이 집은 내가 잊어버린 과거의 일부일까. 아니면 실현되기를 바라는 미래의 일부일까.

"왜, 무슨 꿈이었는데?"

"생각하기 싫어."

"악몽이었구나."

이상하게도 아내의 얼굴이 먼 데 있는 것처럼 흐릿했다. 오십 센티미터도 되지 않을 거리인데. 두려운 마음에 나는 다짜고짜 아내의 품으로 파고들었다. 그리운 냄새가 났다. 아내가 내 심정을 이해한다는 듯 머리를 끌어안았다. 달래듯이 어깨를 쓸어주기 시작했다.

위층 계단에서 양증맞은 발소리가 났다.

고개를 들자 나선형 계단의 난간에서 자그마한 아이가 고개를 쏙 내밀었다. 아내와 마찬가지로 아이의 얼굴 역시 흐릿하기만 했다. 그런데도 나는 그 아이가, 우리의 둘째 아이라는 걸 알 수 있었다. 그토록 바라고 기다렸던 기적.

"아빠! 엄마!"

그렇게 소리를 치면서 아이는 계단을 금세 내려왔고, 신이 난 강아지처럼 거실을 촐랑거리며 돌아다녔다. 나는 눈을 비비며 아이를 제대로 보려고 애썼지만 아이의 얼굴은 간유리처럼 흐릿했다. 갈래머리에 빨간 스웨터를 입었다는 것만 간신히 알아차릴 수 있을 뿐이었다.

"딸이네."

"그래, 우리 딸이지. 당신 좀 이상한데?"

이건 꿈일까, 기억의 일부일까.

뭐든 상관없었다. 얇은 커튼이 부풀어 올랐다가 꺼졌다가를 반복하고 있었다. 바람이 머리카락을 스르르 훑고 지나갔다.

"조심해, 그러다 넘어질라."

"안 넘어져요."

아내의 당부에도 아이는 뭐가 그리 즐거운지 연신 깔깔거릴 뿐이었다.

당장 일어나서 아이의 얼굴을 확인하고 싶었다. 나는 자리에서 일어났다. 양팔을 뻗고 무릎을 굽혔다.

"아빠한테 올래?"

아이를 번쩍 들어올렸다. 아이의 목마가 되어주었다. 따뜻하고 부드러운 느낌, 비로소 살아있다는 느낌이 밀려왔다. 그제야 나는 이미 오랫동안 이런 행복을 누려왔다는 것을, 우리가 함께 보낸 시간은 충분하다는 것을 깨달았다. 그러나 그게 사실일까? 나는 대답할 수 없었다.

"우는 거 아니지?"

눈물이 볼을 타고 흘러내렸다. 아내가 얼른 몸을 일으켜 나에게로 다가왔다.

다정한 손길이 볼에 와 닿았다. 그러자 거짓말처럼 아내의 얼굴 윤곽이 서서히 또렷해지기 시작했다. 눈과 코, 입술이 차례로 확실해졌다. 내가 알아볼 수 있을 정도에 이를 때까지.

"당신…… 당신, 누구야?"

나는 소리를 질렀다. 내 앞에 서 있는 건 지하실에서 절실한 눈으로 나를 쳐다봤던 여자였다.

"정말 왜 그래, 여보?"

당황한 아내의 목소리가 들렸다.

나는 그 여자가 바로 내 아내였다는 것을 깨달았다.

8

"선생님, 제 목소리 들리십니까?"

여러 겹으로 쪼개진 목소리였다. 그 목소리가 내 꿈의 잔상을 흩뜨렸다.

깨고 싶지 않아.

꿈과 현실의 경계선에서 나는 도리질을 했다. 이대로 꿈속에 머물고 싶었다. 아내와 아이가 있는 완벽한 장소, 우리 가족의 집. 그러나 무심한 잠의 파도는 저만치 물러나고 있었다. 더는 눈꺼풀 아래 스며드는 불빛을 무시할 수 없었다.

"정신이 드세요?"

나는 숨을 길게 내쉬었다. 애써 눈을 뜨자 수면 위로 나를 건져올린 손이 거두어졌다. 망막에 무언가가 비춰지고는 있었지만 물속에서 눈을 뜬 것처럼 모든 게 흐릿했다. 지하실에서의 일격 때문인지 왼쪽 눈꺼풀은 거의 움직여지지 않았다.

나를 깨운 사람의 그림자가 일렁였다.

미간을 찌푸리며 의식을 집중하려고 했다. 잠기운이 밀려나며 초점이 점점 선명해졌다. 내가 깨어났던 그 병실이라는 걸 알 수 있었다.

몸에는 얇고 하얀 시트가 덮여 있었고, 뒤통수에는 정체 모를 전선다발이 다시 연결된 채였다.

눈앞에는 두 사람이 서 있었다.

그 중 한 사람은 누군지 금방 알아보았다. 나를 병실에 가두었던 간호사, 그 안드로이드였다.

다른 한 사람은 처음 보는 남자였는데, 무한대 기호가 새겨진 하얀 가운을 입은 것으로 미루어보아 그가 소장이자 의사인 듯했다.

왠지 낯설지 않은 느낌이었다. 머리가 하얗게 세어 있었고 얼굴 주름에는 세월의 흔적이 깃들어 있었다. 하지만 단순히 지긋하게 나이 든 사람처럼 보이진 않았다. 그의 눈에 떠 있는 묘한 기운이 신경에 거슬렸다. 나이에 어울리지 않는 야심 같은 게 일렁거리고 있었다.

몽롱한 기분이 휘발되면서, 문득 달려오던 요원들의 모습이 뇌리에 되살아났다.

지하에서 보았던 장면들이 차례로 현실감을 가지고 다가들었다. 문득 실험실 침대에 누워 있던, 아내와 똑같은 얼굴들이 떠올랐다. 감당할 수 없을 듯 벅찬 기분이 나를 압도했다.

여자가 아내였다면…….

머릿속에 불꽃이 일어나는 듯했다.

저놈들이 아내를 복제시켰다. 저놈들이 아내를 데려갔다. 그게 뭘 뜻하는 걸까.

당장 일어나야 했다. 그러나 상체를 일으키려는 순간, 제대로 움직일 수 없다는 사실을 깨달았다. 몸과 의식이 기묘하게 어긋난 느낌이었다. 마치 처음 병실에서 깨어났던 순간처럼.

"그냥 누워 계세요. 지금은 제대로 움직일 수 없을 겁니다."

의사가 담담하게 말했다. 이것은 일상적인 진료이고, 당신은 위험한 상황에 처해 있는 게 아니라고, 그러니 어서 경계를 풀라는 듯한 여유로움이 느껴졌다.

"저희는 환자분께서 새로운 환경에 적응하는 걸 도와드리고 있습니다. 이름이 기억나세요?"

온몸이 부들부들 떨렸다. 나는 대답하지 않고 그를 노려보았다. 저들이 기절시켜 데려간 것이 복제된 아내인지, 진짜 살아있는 아내인지 알 수 없다는 사실이 무엇보다도 공포스러웠다. 진짜 아내가…… 사살되었을 가능성은 얼마나 될까.

온몸에서 경련이 일었다. 나는 대답하지 않고 그를 노려보았다.

갑자기 의사가 자리에서 일어났다.

뒤로 물러나려 했지만 물속에 잠겨 있는 것처럼 동작이 너무도 느렸다. 의사는 허우적거리는 나를 바라보며 잠시 동작을 멈췄다. 그러나 곧 해야 할 일을 미루지 않겠다는 듯 위생 장갑을 낀 손으로 내 턱을 꽉 붙들었다.

눈꺼풀이 뒤집히며 펜 라이트 불빛이 파고들었다.

아내를 처리하고 이제 나를 토막 낼 작정인지도 모른다. 이 지경에 이를 때까지 아무것도 몰랐던 스스로가 원망스러웠다.

"너무 걱정 마세요. 횟수를 거듭할수록 더 정교해지고 있으니까. 몇 번만 더 시도하면 주요 기억들이 복구될 것 같습니다. 시간이 필요할 뿐이죠."

이해할 수 없는 얘기였다. 문득 그가 모든 대답을 가지고 있을 거란 생각이 들었다. 이해할 수 없는 것들은 이미 충분했다. 나는 던져야 할 질문을 피해가지 않기로 했다.

"아내를…… 아내를 어떻게 한 거야!"

"아내분이요?"

"지하에서 봤어. 내 아내가 여러 명……."

의사가 웃음을 터뜨렸다. 눈동자를 피하기는커녕 오히려 똑바로 들여다보며 말을 이었다.

"도대체 무슨 말씀을 하시는 겁니까? 선생님께서는 가족들 없이 혼자 병원에 오셨고, 오랫동안 의식불명이었습니다. 이제까지 병실을 나가신 적도 없고요."

"병실을…… 나간 적이 없다니? 무슨 말을 하는 거야?"

가슴이 싸늘해졌다. 그럴 리가 없다. 아내와 아이가 등장하는 것은 꿈이었는지 몰라도 그 전에 지하에서 보았던 것들마저 모조리 꿈일 수는 없었다.

"여러 차례 수술도 받으셨으니 충분히 그럴 수 있습니다. 통증이 극심한 경우에는 악몽을 꾸기가 쉽죠. 하지만 신체는 저희가 얼마든지 치료해드릴 수 있고, 뇌 세포도 느리긴 하지만 복원을 진행하고 있습니다. 항상 느끼는 거지만, 인간의 치유 능력은 상상 이상으로 경이롭거든요."

예상하지 못했던 대답에 사고와 판단이 정지된 것 같았다. 의사는 허리에 손을 얹은 채로 계속 말했다.

"의식이 돌아오기는 했지만 한동안 혼란스러우실 겁니다. 복원

작업으로 인해 지속적으로 연결망을 조정하는 중이지만 남은 기억이 재편되면서 기존의 증상들이 심해질 수 있어요. 몸부터 해결해 드릴 테니 마음을 편하게 가지세요."

의사가 내 어깨를 두드려주었다. 가족들 없이 혼자 병원에 왔다고? 그게 무슨 말인지 이해할 수 없었다. 몽롱한 약 기운이 일렁거렸다. 어쩌면 의사의 말이 옳을지도 모른다. 자꾸만 기시감과 환각에 시달리고, 악몽에 기절까지 경험했던 것은 사실이다. 그러나 의사의 말을 무조건 믿을 수는 없었다.

어디까지가 거짓이고, 어디부터가 진실일까. 나는 몽롱함을 이겨내려고 애쓰면서 머릿속으로 낱낱의 기억들을 그러모았다. 초저온 용기, 실험실, 방독면을 쓴 남자, 보안 팀 요원들, 끌려가던 아내…….

그저 악몽으로 치부하기에는 지나치게 생생한 장면들이었다. 하지만 그건 주관적인 느낌에 불과했다. 객관적인 증거가 있어야 할 터였다. 내가 정상이라는 증거, 꿈을 꾸지 않았다는 증거.

문득 머릿속에 떠오르는 게 있었다.

실험실에서 발견했던 유리 동전.

그게 아직도 남아 있을까?

고맙게도 시트가 내 몸을 완전히 뒤덮고 있었다. 나는 그들이 눈치채지 않기를 바라며 환자복 주머니에 손을 집어넣었다. 가벼운 중량감과 함께 둥글고 딱딱한 무언가가 만져졌다. 지하에서 겪은 일들이 꿈의 일부가 아니라는 명백한 증거였다. 기절을 하지 않으려고 스스로 팔뚝에 새긴 이빨 자국 역시 증거가 되어줄 터였다.

"난…… 수술을 받지 않을 거야."

"본인의 상태에 대해 전혀 모르고 계시니까…… 그런 말씀을 하시는 거예요."

의사가 위생 장갑을 착용하더니 시트를 홱 걷었다. 쥐고 있던 동전을 얼른 침대 밑으로 밀어 넣었다. 심장이 미친 듯이 뛰었다. 그가 아무것도 눈치채지 않았기를 바랐다.

"이걸 좀 보세요. 고집을 부리실 때가 아니라니까요."

의사가 환자복의 단추를 풀고 상체를 드러나게 만들었다. 나는 짤막한 신음을 토해냈다. 피부가 괴사되고 있는 듯 자주색과 노란색으로 변색되어 있었다.

이런 상황은 전혀 예상치 못했다. 의사가 장갑 낀 손으로 몸의 여기저기를 눌렀다. 어떤 곳은 끔찍하게 아팠다. 어떤 곳은 아무것도 느껴지지 않았다. 마치 부분적으로 연결이 끊어진 것처럼.

"어떠세요?"

머리가 새하얘졌다.

"내 몸에다…… 무슨 짓을 한 거야?"

"병에 걸리신 건 아닙니다."

의사가 잇몸을 드러내 보였다. 얼핏 친절해 보이는 미소였지만 왠지 그 미소에서 섬뜩함이 읽혀졌다. 동물 다큐멘터리에서, 포식자들은 사냥감을 발견하면 항상 그런 식으로 미소를 지었다.

"저희도 원인을 파악하고 개선을 하려고 노력 중입니다. 사실은 그래서 환자분의 도움이 아주 절실했는데……. 환자 분께서 이렇게까지 하시리라고는 상상도 못 했습니다. 인간의 감정과 심리 상태를 세심하게 고려하지 못했던 저의 불찰이라고 해야겠죠."

손아귀에 축축하게 땀이 배어났다. 마치 내가 무슨 짓을 저지르기라도 한 것처럼 들렸지만, 의사가 무슨 말을 늘어놓는지 알아들을 수 없었다.

"왜 이런 짓을 하는 건지…… 말해!"

"어차피 말씀드려도 이해하지 못하실 텐데요. 저희가 알고 싶은 건 단 한 가지입니다. 그것만 알려주시면 뭐든 원하는 대로 해드릴 수 있어요. 코드는 어디에 있죠? 작성법은 기억하고 계십니까?"

"코드라고……?"

의사는 여전히 이해할 수 없는 소리만 늘어놓고 있었다. 그가 상체를 기울이며 속삭였다.

"기억을 못 하신다니 어쩔 수 없어요. 최적의 복원 상태에 도달했다고 판단되면 저희가 자세한 설명을 드리겠습니다. 자, 정전이 끝났으니 바로 수술실로 옮겨드리겠습니다. 집도는 제가 직접 할 겁니다."

간호사가 침대 옆에 접혀 있던 지지대를 펼쳐서 고정했다.

"보안 팀을 부를까요?"

간호사의 물음에 의사가 고개를 끄덕였다. 무슨 수술을 의미하는 것인지 치가 떨렸다. 사람을 죽여본 적은 없지만 저런 놈이라면 그럴 수도 있을 것 같았다. 곧 몇 분만 기다려 달라는 누군가의 음성이 들렸다. 지하실에서 내 관자놀이를 누르며 마지막 전기 충격을 가한 그놈인 듯했다.

나는 주변을 두리번거렸다. 병실 문은 굳게 닫혀 있었다. 내가 깨부쉈던 유리창은 언제 그랬냐는 듯 멀쩡하게 복구가 되어 있었다. 어쩌면 다른 병실로 나를 옮겼는지도 몰랐다. 빈 병실은 얼마든지 있었으니까.

다시 달아날 수 있을까. 그러려면 또 한 번 유리창을 깨트려야만 한다. 그러나 소화기는 보이지 않았다. 설령 병실에서 도망친다고 해도 이런 몸으로는 얼마 못 가 기절하거나 붙들리고 말 것이다. 요원들이 도착하면 탈출의 가능성은 더욱 낮아진다.

저들이 내게서 뭘 원하는지 알아내려면 어떻게 해야 할지 알 수 없었지만, 빌어먹을 수술실로 끌려가는 게 답은 아니라는 것만큼은 확실했다.

지금 달아나야 해…….

나는 뒷목으로 손을 가져갔다. 목에 연결된 전선을 뽑아들 작정이었다. 그 끝을 의사의 몸에 박아 넣으면 약간의 시간을 벌 수 있을 것이다. 그렇지만 내 팔은 의지로 감당할 수 없을 만큼 부들부들 떨렸다. 제대로 전선을 잡을 수조차 없을 정도였다.

"뭐하시는 거죠?"

"여기서 나갈 거야."

"지금은 안 된다니까요."

이를 악무는 순간이었다. 의사가 득달같이 달려들어 내 갈비뼈를 내리눌렀다. 코와 입이 막히면서 숨을 들이쉴 수도 내쉴 수도 없었다. 노인이라고는 도저히 믿기지 않는 속도와 힘이었다.

울컥 분노가 치밀었다. 분노는 혈관을 타고 전속력으로 휘돌았다. 두 팔과 두 다리를 흔들었지만 의사를 감당하기엔 역부족이었다.

"진정제 준비하세요."

"네."

간호사가 대답했다.

"편안하게 눈을 감고 계시면 됩니다. 나머지는 저희에게 맡겨주시고."

　그럴 수는 없었다. 정체를 알 수 없는 곳에 끌려와서 이유도 모른
채로 죽을 수는 없었다. 나는 살아남아야 한다. 살아남아 아내를 데
리고 여길 나가야만 한다……

　눈앞이 샛노래졌다. 공기를 너무 많이 집어넣은 타이어처럼 머리
는 압력으로 팽팽해졌다.

　의사의 손아귀를 벗어나기 위해 발버둥쳤지만 숨통을 완전히 점
령한 그는 여유가 넘쳤다.

　"다시 시작하고 싶은 생각이 조금이라도 있다면, 복원이 끝날 때
까지 저희를 믿고 협조하세요. 그렇지 않으면 기회는 없습니다."

　할 수만 있다면 의사의 멱살을 잡고 바닥에 얼굴을 짓이기고 싶
었다. 그러나 내 입에선 억눌린 신음소리만이 새어나왔다. 숨을 쉬
어야만 했다. 한 모금만이라도.

　어떻게든 의식을 붙들고 있어야 했지만, 약해지는 등불처럼 아득
한 어둠 속으로 하염없이 잠겨들었다. 마침내 한계에 다다랐다고 생
각한 순간이었다. 의사의 손길이 관용을 베풀 듯 조금 느슨해졌다.
나는 캑캑거렸다. 짓눌려 있던 폐가 정신없이 산소를 빨아 당겼다.

　간호사가 돌아서면서 주사기를 들어 올렸다.

　둥근 고리가 양쪽으로 달린 은색의 주사기였다. 20센티미터는 족
히 될 것 같은 주사바늘은 뼈를 뚫을 수 있을 듯했다. 이미 코앞까
지 바싹 다가온 간호사가, 위협하듯 주사바늘을 눈동자 앞으로 바
싹 들이댔다. 언뜻 인간으로 보였지만 분명히 안드로이드였다. 자
세히 살펴보면 아직도 어색한 움직임들을 읽어낼 수 있었다. 하지
만 이 정도의 움직임을 구현해내다니 이런 상황에서도 놀랍기만 했

다. 날카로운 바늘은 물러설 기색이 없어보였다. 간호사는 내 고개를 옆으로 돌린 다음 세게 이마를 눌렀다.

지금 이 순간, 이들이 아내를 어딘가에 숨기고 있을 것이란 확신이 들었다. 아내한테도 이런 식으로 협박했을까……. 아이를 잃었던 그때처럼 무력하게 굴어서는 안 되지만 방법이 없었다. 급류에 휘말려 떠내려가는 기분이었다.

"으…… 으……."

귀 뒤편으로 바늘이 박혀드는 순간.

복도를 달려오는 발소리가 들리더니 곧 병실 문이 열렸다.

방독면을 쓴 요원 하나가 급하게 들어섰다. 의사를 향해 요원이 고개를 숙여보였다. 그의 유니폼에도 무한대 기호가 새겨져 있었다. 나는 몸을 움찔거렸지만 더는 저항하지 않았다. 주사기 속 용액이 피부 아래로 스며들었다.

"진정제를 주사했지만 단단히 결박해주세요."

요원이 다가오더니 침대 아래쪽에 들어 있던 벨트를 끄집어냈다. 서서히 몸이 스스로의 제어를 벗어나 흐늘거리는 해초가 된 것만 같았다.

그가 벨트로 내 몸을 여러 겹 묶자 오히려 안정감이 들었다. 요원은 내 몸이 완전히 묶인 것을 확인하듯 마지막으로 벨트를 한 번 세게 당겼다.

"3번 수술실로. 간호사는 절 따라오시고."

의사와 간호사가 병실을 나갔다.

들숨과 날숨이 한없이 느려졌다.

그 흐릿한 의식 사이로 끔찍한 장면들이 쉴 새 없이 감광되고 있었다. 끌려가던 아내의 모습, 핏물 속을 떠다니는 시체들, 박제된 뇌, 병원 어딘가에서 들리던 비명소리……. 꿈에서 보았던 집, 아내와 아이. 그리로 돌아갈 시간이었다. 나는 눈을 감았다.

"아직은 포기하면 안 돼."

내 귓가에 대고 요원이 속삭였다. 가슴이 서늘했다. 방독면을 끼고 있었지만 목소리가 의사와 묘하게 닮아 있었다.

9

"지하실에서 본 것들을 잊은 건 아니겠지?"

나는 눈을 뜨고 멀거니 요원을 바라보았다.

그제야 요원이 나와 몸싸움을 벌였던 그 실험실 남자임을 알아차렸다.

남자가 나를 구하려는 것인지 궁금했다. 뭐라고 말하고 싶었지만 약물이 이미 얼굴 근육을 마비시킨 뒤였다.

남자가 복도로 향하는 미닫이문을 열었다. 아무도 없다는 데 안심한 듯 남자는 몸을 구부려 내 이마를 꽉 눌렀다. 뒤통수와 연결되어 있던 전선이 뽑혀져 나갔다.

다음 순간 싸늘한 감각이 뒤통수에 와 닿았다. 칼날이었다.

"날 믿어."

저항할 틈도 없었다. 살점이 벌어지는 데는 10초도 걸리지 않았다. 칼날이 깊게 파고들며 열 십 자를 그렸고, 끈적한 핏물이 흘러나오는 게 느껴졌지만 통증은 없었다.

그가 손가락을 넣어 무언가를 끄집어낸 뒤 다시 무언가를 집어 넣는 동안에도 통증은커녕 오히려 기분 좋은 간지러움만 느껴졌다. 약물의 효력 덕분인 듯했다. 입술을 달싹였지만 쉭쉭거리는 소리만이 이빨 사이로 새어 나왔다.

"출혈은 금방 멎을 거야."

남자가 피 묻은 칼날을 유니폼에 문질렀다.

환부를 반창고로 마무리한 뒤 고정된 바퀴를 풀어 침대를 밀었다. 모든 것이 계획되어 있다는 듯 침착하고 신중한 모습이었다. 곧 나갈 수 있을 거라고 했던 남자의 말이 떠올랐다. 나를 도와주기 위해 되돌아온 것일까……. 그렇게 믿고 싶은 마음이 간절했다.

내가 누운 침대가 덜컹거리며 병실 문턱을 넘었다. 남자는 민첩하게 침대를 밀면서 복도를 달렸다. 천장의 조명이 휙휙 눈앞을 지나갔다.

목덜미의 상처에서 울컥거리며 피가 새어 나오는 게 느껴졌지만 신기하게도 고통은 느껴지지 않았다. 얼마 지나지 않아 덜컹거림이 멎었다. 엘리베이터 앞에 다다른 것 같았다.

어디선가 소란스러운 소리가 들려오고 있었다.

잠시 머뭇거리던 남자가 비상출입구로 다가갔다. 홀로그램 도어로 상체를 숙이자 그의 몸이 비스듬하게 잘려 나갔다. 고개를 흔들며 내게로 돌아왔지만 방독면 때문에 그의 표정을 읽을 수가 없었다.

남자가 엘리베이터 옆의 스크린을 조작했다. 우리가 있는 층의 버튼이 깜박이기 시작했다.

문이 열리자마자 남자가 침대를 밀어 넣고, 버튼을 눌렀다.

[12]

엘리베이터가 내려가기 시작했다.

12층이라면 아내를 만났던 최하층의 바로 위층이었다. 아무래도 3번 수술실로 데려갈 작정인 것 같진 않았다. 그러나 남자의 정확한 목적이 무엇인지 헤아리기 힘들었다. 내 의구심을 눈치채기라도 한 것일까. 남자가 몸을 틀어 나를 내려다보았다. 숨을 쉴 때마다 남자의 어깨가 위협적으로 들썩였다.

"기억이 전혀 없을 거야. 왜 여기 잡혀 있는지, 나갈 수는 있는지. 그리고……."

그 순간 엘리베이터가 덜컹거렸고, 10층 버튼에 불이 들어왔다. 반사적으로 불안감이 덮쳐왔다. 나는 남자에게 눈짓을 보냈다. 내 시선을 따라가던 남자가 상황을 알아차렸다.

"젠장."

엘리베이터는 이미 10층에 가까워지고 있었다.

남자가 주머니를 뒤적여서 뭔가를 꺼냈다. 작은 주사기와 라벨도 없는 앰플 병이었다.

어쩌면 나를 구하기 위해서 이러는 게 아닌지도 몰랐다. 그렇게 생각하자 몸이 부르르 떨렸다. 남자가 피스톤을 당기자 정체를 알 수 없는 푸른 약물이 주사기 안으로 빨려 들어갔다.

수술실에서 끝장나는 것과 엘리베이터에서 끝장나는 것 중 뭐가 더 나을까. 어지러움이 밀려들어 나는 질끈 눈을 감았다. 남자가 팔뚝을 붙들고 정맥으로 짐작되는 곳에다 주사를 밀어 넣었다.

"앞으로 30분은 멀쩡할 거야."

순식간에 바늘이 뽑혀나갔다. 이상하게 주사바늘이 꿰뚫은 자리에서부터 시원한 감각이 빠르게 퍼졌다. 뭔가가 이상했다. 머릿속의 안개가 걷히면서 시야가 또렷해졌다. 혀와 입술이 비로소 달싹여졌다.

"넌…… 대체 누구야?"

"때가 되면 알려줄게."

"왜 날 돕는 거지?"

"그럴 수밖에 없으니까."

남자가 뜻 모를 한숨을 내쉬었다. 엘리베이터는 9층에 다다르고 있었다.

"마취된 척하고 있는 게 좋을 거야."

남자가 꼼짝 말고 누워 있으라는 듯 내 가슴팍을 손으로 내리 눌렀다. 그리고는 머리끝까지 시트를 뒤덮었다. 시트에서 특유의 병실 냄새가 풍겼다.

"뭐라고 설명해야 좋을지 모르겠군. 날 믿든 말든 상관없지만, 지금 널 도와줄 사람은 나뿐이야."

남자의 말이 옳았다. 나는 몸 이곳저곳을 움직여보았다. 남자가 주사한 약물 덕택에 벨트에서 풀려나기만 한다면 달아나는 건 어렵지 않을 듯했다. 심호흡을 하는 순간, 땡 하는 소리와 함께 양쪽으로 문이 갈라졌다.

문이 열리자마자 피비린내가 훅 밀려들었다.

무슨 일인가 벌어진 듯했다.

나는 고개를 기울여서 수술대 아래쪽으로 바깥의 풍경을 훔쳐보았다. 주황색 유니폼을 입은 요원들의 다리. 서 있는 건 두 명이었다. 왼쪽에 선 요원이 기다란 총을 손에 들고 있었다. 전기충격기가 근육을 찢어발기던 처절한 느낌이 떠올라 순간적으로 몸이 뻣뻣해졌다. 죽지 않은 것만 해도 어쩌면 감사해야 할 일일지 몰랐다.

주먹을 불끈 쥔 채 눈을 질끈 감았다. 엘리베이터를 타고 이동하는 동안 저들이 호출을 받았는지도 몰랐다.

"그놈은 누구야?"

"마취 당한 이탈자."

남자가 부스럭거렸다. 쓰고 있던 방독면을 벗은 것 같았다. 요원들은 아무 말도 없었다. 내 다리를 덮은 시트를 남자가 걷어 올리는 게 느껴졌다. 벨트에 단단히 묶인 모습을 확인시켜 주는 듯했다.

멀리서 누군가 복도를 걸어가는 소리가 들렸다.

나는 슬그머니 시트를 밀어젖혔다. 요원은 두 명만 있는 게 아니었다. 몇 명이 더 둥글게 모여서 엘리베이터 앞에서 뭔가를 상의하는 것 같았다.

일 분도 안 되는 순간이 영원 같았다. 남자가 방독면을 다시 눌러 쓰고 버튼을 누르자 문이 닫히기 시작했다.

엘리베이터 문이 절반쯤 닫혔을 때, 복도에 누워 있는 누군가의 맨발이 비로소 눈에 들어왔다.

설마 사살된 환자일까.

이상하게도 그의 발은 살점 하나 없이 검게 메말라 있었다. 방금 죽은 게 아니라, 한참 오래전에 죽은 사람인 것처럼.

"하나 더 있어. 마취 준비해!"

요원 중 하나가 외치자 장전하는 소리가 났다.

멀지 않은 곳에서 누군가가 울부짖었다. 동시에 엘리베이터 문이 닫혔다. 무슨 일이 벌어지는지 알아내고 싶었지만 엘리베이터는 이미 아래로 내려가는 중이었다.

"저게…… 대체 뭐야?"

"지금 중요한 문제는 그게 아니야."

남자가 고개를 저었다. 방독면 때문에 그의 표정을 볼 수는 없었지만 목소리가 침통했다. 어쩌면 나처럼 놈들의 실험 대상임을 깨닫고 탈출을 시도하는 환자인지도 몰랐다. 병실에서 들었던 울부짖음 소리도 저런 환자가 낸 것은 아닐까. 나도 저 지경으로 망가질 수 있었으리란 상상에 몸서리가 쳐졌다. 남자가 저 수많은 환자들 중에서 하필이면 나를 구해냈다는 생각도 들었다. 고마웠지만 한편으론 의아스럽기도 했다.

남자는 시트를 젖히고 내 몸과 침대를 묶은 벨트를 풀어내기 시작했다. 마침내 몸이 자유로워졌을 때 철커덩, 하는 소리와 함께 엘리베이터가 멈췄다.

남자는 복도가 조용한 것을 확인한 뒤, 내가 누워 있던 침대의 난간을 붙들었다. 나는 얼른 두 다리를 바닥에 디뎠다. 남자를 따라 침대를 붙들고 재빨리 어두컴컴한 복도로 그걸 밀어냈다.

"최하층으로 가서 기다려. 초저온 용기가 있던 보관실까지 이동해야 돼."

왜 여기까지 온 것인지 묻기도 전에, 남자가 다시 엘리베이터에 올라타더니 문을 닫았다. 순식간에 엘리베이터는 올라가 버렸다.

잠시 멍하니 서 있던 내 눈에 비상출입구가 보였다. 남자의 말대로 곧장 지하로 내려가려던 나는 발길을 멈추었다.

뒤편 복도의 조명이 고장 난 듯 깜박거리고 있었다.

뭔가가 이상했다.

텅 빈 복도를 예상하고 고개를 내민 나는 뜻밖의 장면에 심장이 덜컥 내려앉았다.

심한 격투가 벌어진 것 같았다.

병실 문이 하나같이 활짝 열려 있었고, 바닥과 천정에는 시커먼 액체가 잔뜩 묻어 있었다. 오래된 혈액 같았다. 나는 가장 가까운 병실로 다가갔다. 텅 빈 병실에는 아무도 없었다. 넘어진 링거걸이, 찢겨나간 시트뿐. 커튼 너머의 화면에는 그와는 딴판으로 아름다운 섬 풍경이 되풀이되고 있었다.

여기서 무슨 일이 벌어졌는지 알아낼 길이 없었다.

문득 돌아서던 내 발에 무언가가 밟혔다.

누군가의 떨어져나간 팔목이었다.

장갑을 끼고 있는 것으로 보아 요원의 팔목으로 짐작되었다. 피로 물든 그 끝에서 희미한 전류가 튀고 있었다. 팔목에서 빠져나온 뭔가가 시선을 끌었다. 끝을 잡아당기자 낚싯줄처럼 보이는 전선 다발이 주르르 딸려 나왔다. 혈관처럼 보이지만 진짜 혈관이 아니었다.

짐작은 했지만 요원들이 사람이 아니라는 사실이 새삼 충격적으로 다가왔다.

어쨌거나 이 싸움에 요원들이 관여되어 있는 것만큼은 사실이었다. 그렇다면 그들이 여기서 환자들과 격투를 벌였다는 걸까. 병실에 얌전히 감금돼 있던 환자들이 일제히 탈출을 감행하는 모습이 머릿속에 그려졌다. 하지만 무슨 수로?

나는 비상출입구 앞으로 되돌아왔다. 이제 엘리베이터는 0층에 멈춰 있었다.

아마도 지상 출구가 있는 최상층일 터였다. 탈출을 하려면 저기로 올라갔어야 했다. 남자가 나와 함께 지하층 보관실로 이동하려 하는 이유가 뭘까. 남자는 나를 탈출시킬 작정이 아닌지도 몰랐다. 문득 무슨 짓을 해도 이 건물을 빠져나갈 수 없을 거라던 의사의 말이 기억에 되살아났다.

갑자기 엘리베이터가 움직이기 시작했다.

12층 버튼에 불이 들어와 있었다.

엘리베이터를 타고 내려오는 게 남자가 아니라 다른 요원들일 수도 있다는 생각이 들었다. 그렇게 생각하자 마음이 급해졌다.

일단은 최하층으로 가야 했다. 문득 보관실에도 비상출입구가 있었던 것이 떠올랐다. 그걸 이용해 지상층으로 올라갈 수 있을 듯했다.

나는 비상출입구로 들어섰다. 냉기와 어둠이 다시 몸을 덮쳤다.

경사도로를 따라 내려가는 동안 서서히 눈이 어둠에 적응했고, 발걸음은 더욱 빨라졌다. 마지막 층계참을 내려가기 전에, 나는 멈춰 서서 인기척을 살폈다. 아무 소리도 들리지 않았다.

출입구의 문이 무엇인가에 폭파당해 완전히 부서져 있었다.

아내와 나를 잡기 위해 요원들이 이곳으로 침투할 때 벌인 일인 듯했다. 나는 조심스럽게 잔해를 넘어 안으로 들어갔다. 아직도 어느 쪽으로 가야 할지 확신이 들지 않았다. 나는 심호흡을 하며 눈을 감았다. 남자가 오든 안 오든 그건 중요하지 않았다. 내가 원하는 건 오직 아내를 찾아내고, 출구를 찾아내는 것이다.

이렇게 무작정 움직이는 것 같아 불안감도 컸다. 진짜 아내가 있는 곳을 어떻게 찾아내야 할지 막막하기도 했다. 시설의 구조조차 모르는 상태로 요원들을 언제까지 피해 다닐 수 있을지도 의문스러웠다.

그때 웅웅거리는 이상한 소리가 들렸다.

눈이 번쩍 뜨였다. 병실에서 몇 번이나 들었던 그 울음소리가, 아주 가까이서 들리고 있었다.

짐승 같기도 하고, 사람 같기도 한 그 소리의 출처는 어쩌면 병실에서 이탈한 환자들인지도 몰랐다. 그것의 확실한 정체부터 알아내고 싶었다.

같은 처지에 처한 환자들이라면, 서로 대화를 나누고 힘을 합한다면 더 좋은 방법이 생길지도 몰랐다. 나는 소리가 나는 쪽을 따라 달리기 시작했다. 둥글게 휘어진 모퉁이를 돌자마자 어두컴컴한 복도 저편에 문이 하나 보였다.

비상출입구는 아닌 듯했다. 문에는 빨간색의 대각선이 그어져 있었다.

고개가 저절로 돌아갔다. 내가 지나온 출입구 쪽에서 인기척이 들렸다.

뭔가가 부서지는 소리. 출입구의 잔해를 밟는 소리 같았다.

이제는 앞으로 나아가는 수밖에 없었다. 복도가 어두운 탓에 두 번이나 헛발을 디뎠지만 곧 일어나 중심을 잡았고, 필사적으로 달린 덕에 겨우 문 앞에 다다랐다. 숨이 턱까지 차올랐다.

잠금장치 때문일까. 손잡이를 힘껏 돌렸지만 문은 열리지 않았다. 잠금장치 역시 먹통이었다. 출입구에서 이쪽으로 달려오는 발소리가 들려왔다. 문 흔드는 소리를 들은 모양이었다. 아직까지 달려오는 사람의 모습이 보이진 않았다. 손아귀에 땀이 고였다.

다시 한 번 손잡이를 흔들자, 문 너머 2미터도 되지 않을 거리에서 그것들이 울부짖었다.

혈관 사이가 얼어붙는 것 같은 원시적인 공포감이 느껴졌다.

하나가 아니었다.

유리창이 붙어 있지 않았기 때문에 뭐가 뚜렷이 들여다보이지는 않았다. 방음벽 덕분에 많이 줄어들긴 했지만 문 너머를 돌아다니며 자기들끼리 뒤엉키며 싸우는 것 같은 소리로 보아 최소한 수십 명은 될 듯했다. 저들이 누군지는 몰라도 나를 도와줄 입장이 아닌 것만은 분명했다. 문이 잠겨 있는 것이 오히려 다행인지도 몰랐다.

나는 뒤돌아 복도를 달려가려 했지만 어느 틈엔가 이쪽으로 다가오는 방독면을 쓴 요원의 모습이 보였다.

막다른 길이었다.

"열지 마!"

그 남자였다. 나도 모르게 두 다리에 힘이 풀렸다.

나는 문에 등을 기댄 채 주저앉았다. 문밖을 서성거리는 소리가 반응하듯 또다시 울부짖었다.

남자가 내 앞을 가로막고 숨을 몰아쉬었다. 나는 멍하니 중얼거렸다.

"뭔가가…… 있어."

"그래."

"저것들이 뭔지 알아야겠어."

"지금은 신경 쓸 때가 아니야. 보안 팀이 곧 들이닥칠 거고, 각성제 기운이 떨어지면 넌 정신을 잃을 거야."

더는 쉴 틈을 주지 않으려는 듯 남자가 팔을 잡아끌었다. 나는 입술을 깨물었고, 그 팔을 떨쳐냈다. 남자가 비명을 지르며 물러섰다.

각성제의 영향이 커지면서 몸에서 기운이 펄펄 끓는 듯했다.

"넌…… 도대체 누구야? 여기서 나갈 방법은 있는 건가?"

"모든 게 계획대로 이뤄지고 있다는 것만 알아둬. 일단 나에게 맡겨."

대체 무슨 계획을 말하는 것일까. 남자를 믿을 수도 믿지 않을 수도 없었다. 나는 고개를 세차게 저었다. 남자는 잠시 동안 말이 없었다.

"나갈 방법이 있다고 해도…… 혼자 나갈 순 없어. 아내를 데리고 가야 해."

"맞아, 그래서 여기로 온 거야."

"아내가 여기 있다는 거야?"

머리를 한 대 얻어맞은 기분이었다.

"날 따라와."

당장 멱살이라도 붙들고 남자가 뭘 알고 있는지 추궁하고 싶었다. 남자가 말한 아내가 복제되지 않은 상태인지도 확인해야 했다. 그러나 이미 남자는 복도를 되짚어 달리고 있었다. 설명을 듣는 건 아내를 만난 이후로 미뤄야 할 듯했다. 절대로 그를 놓쳐선 안 됐다. 나는 남자를 따라서 달리기 시작했다.

비상출입구를 지나서 남자는 기계실로 나를 이끌었다. 숨이 턱까지 차올랐지만 남자는 속도를 늦추지 않았다. 아내와 함께 이미 와본 적 있는 곳이지만 너무 복잡하게 얽힌 탓에 어지러웠다.

커다란 탱크들.

기계들.

각기 다른 색깔의 파이프와 밸브.

모퉁이를 돌자마자 서서히 남자의 걸음이 느려지더니 철조망으로 둘러싸인 지점에서 완전히 멈춰 섰다. 남자가 검지를 들어올렸다.

"물탱크야. 시설 내의 모든 물은 여기서 여과를 거쳐 공급되고 있어."

억눌렀던 호흡이 한꺼번에 터져 나왔다. 폐가 찢겨나갈 것 같았다. 몇 톤은 족히 될 듯한 커다란 탱크와 철제 컨테이너들이 여러 개 보였다. 철조망에는 경고문구와 잠금장치가 달려 있었다.

"그 뒤편에 있는 건 전력 장치고. 시설 바깥에서 전력을 끌어오기도 하고, 갑작스럽게 정전이 일어나면 복구가 될 때까지 비상 전력을 가동시키기도 해. 게다가 서버실도 지하층에 있다는 거야. 시설 내의 모든 연구 기록이 보관돼 있어. 최고권한자만 열 수 있지. 아마 이 안에 비상출입통로가 있을 거야. 유사시에 모든 기록을 갖고 나갈 수 있도록."

등줄기에서 쉴 새 없이 땀이 흘러내렸다. 나는 숨을 고르느라 아무 대답도 할 수 없었다. 이런 상황에서 느닷없이 설명을 늘어놓는 남자를 이해하기 힘들었지만 한편으로 고맙기도 했다.

"만일 여기가 완전히 침수되면 어떨 것 같아?"

내 머릿속에 물에 잠긴 지하층의 모습이 그려졌다. 침수가 시작되면 전력이 마비될 것이다. 합선을 통해서 폭발이나 화재가 발생할지도 모른다. 매연과 불꽃이 지하를 뒤덮을 것이다……. 남자가 그런 계획을 가지고 있다면 목적은 이 시설을 통째로 날려버리려는 것인지도 몰랐다.

"잊지 말고 기억해내야 돼."

남자가 내 어깨를 붙들었다. 등을 돌려 멀어지기 시작했다. 탈출에 대한 힌트를 주려는 것일까? 남자가 무슨 생각을 하고 있는지,

그의 정체가 뭔지 궁금했다. 앞으로 그걸 어떻게 알아낼지가 관건일 터였다.

각성제의 효과가 30분이라고 했던 것 같은데, 팔과 다리는 한계를 넘어선 지 오래였다. 어쨌거나 아내를 만나기 전에 수술실로 끌려가는 것만큼은 피해야 했다. 나는 입술을 깨물었고, 터질 듯이 방망이질하는 심장을 애써 무시했다.

유리창이 달린 철문 앞까지 다다라서야 남자가 다시 발걸음을 멈췄다.

아내와 함께 왔던 기억이 되살아났다. 이번에는 문이 잠겨 있었다. 그러나 남자가 스크린을 조작하자 너무 쉽게 문이 열렸다. 나는 무너지려는 두 다리를 곧추세우고, 필사적으로 벽에 의지해서 안으로 들어섰다.

내부는 조용했다.

불도 꺼져 있었다.

웅웅거리며 돌아가는 기계의 소음만이 들렸다.

남자가 손전등을 켰다. 좁다랗게 어둠 속으로 길이 열렸다. 빛 사이로 먼지들이 부유하고 있었다. 나는 남자를 따라 계단을 내려갔다. 여러 번 넘어질 듯 발길이 휘청거렸다.

그때마다 남자가 내 몸을 붙들어주었다. 도대체 무엇 때문에 위험을 무릅쓰고 이런 호의를 베푸는 것인지 이해하기 힘들었다.

이전에 보았던 것처럼 거대한 세 대의 기계가 제자리를 지키고 있는 모습이 보였다. 유리병들, 노란색 약품 용기, 이동식 카트까지 그대로였다. 남자와 나는 기계들 사이를 이리저리 빠져나갔다. 기계가 생각이란 걸 할 수 있다면 그들에게 우리는, 어둠을 틈탄 쥐새끼

들로 보일 터였다.

"거의 다 왔어."

남자가 말했다. 그는 아내가 탐색했던 왼쪽 통로가 아닌, 내가 탐색했던 오른쪽 통로로 걸어가고 있었다. 문턱을 넘어서자 2미터짜리 초저온 용기들이 손전등 불빛을 일제히 튕겨냈다. 꼭 무덤 속에 들어온 것 같았다. 몸의 열기가 순식간에 가라앉은 대신 이번에는 추위로 몸이 덜덜 떨리기 시작했다. 그제야 내가 맨발이라는 사실이 실감났다.

복도의 끝에 다다라서야 아까 물탱크 앞에서 그랬던 것처럼 남자의 걸음이 느려졌다.

남자가 초저온 용기의 일련번호를 확인했다. 그 옆의 용기로 옮겨 가더니 역시 일련번호부터 확인했다.

"뭘 하는 거야?"

그토록 재촉하더니 왜 이런 곳에서 꾸물거리는지 알 수가 없었다. 나처럼 강제로 잡혀왔다면 아내는 병실에 있지 않을까? 나는 주위를 두리번거렸다. 아내가 통과하려고 했던 그 비상출입구가 보였다. 저기를 통해 아내가 있는 병실로 가려던 거라면 서둘러야 했다. 그러나 남자는 그럴 작정이 아닌 모양이었다. 그는 손전등으로 다시 한 번 우리가 왔던 길을 신중하게 훑어본 뒤, 계기판을 누르기 시작했다. 그 모습을 보자 섬뜩한 기분이 들었다.

본 적이 있다.

아니, 나는 이 과정을 잘 알고 있다. 누구보다도.

내가 방금 뭐라고 생각한 거지? 어리둥절함을 느끼기도 전에 스크린에 환하게 불이 들어왔다. 남자가 나를 바라보았다.

"뭘 하는 거냐고! 그놈들이 곧⋯⋯."

남자는 다짜고짜 나에게 다가와서 손목을 잡아끌었다. 내 손바닥을 스크린에 갖다 대게 했다. 뭔가가 인식되는 소리가 들렸다.

"보관모드 해제. 적응모드로 전환합니다."

계기판에서 높낮이가 거의 없는 기계의 목소리가 흘러나왔다. 가스가 빠져나가는 소리가 들리면서 초저온 용기가 진동했다. 벌어진 틈 사이로 폭발하듯 빛과 연기가 새어 나오기 시작했다.

"감압 시작. 급속으로 기화합니다. 보관함에서 1미터 이상 물러나 주시기 바랍니다."

남자가 눈짓을 보냈다.

고막이 찢어질 듯한 소음.

칼날 같은 빛.

남자와 나는 물러나서 절차가 완료되기를 기다렸다. 얼마 지나지 않아 알람이 울렸다. 나는 넋을 놓고 손잡이를 양쪽으로 잡아당기는 남자의 뒷모습을 바라보았다.

초저온 용기가 반으로 갈라지며 연기가 쏟아져 나왔다. 얼어붙을 듯한 입자가 폐 속으로 단숨에 밀려들어왔다.

나는 콜록거리며 뒤로 물러섰다.

어느 틈엔가 남자는 계기판으로 다가가 뭔가를 입력하고 있었다.

열린 용기 속에 원통형 유리관이 들어 있었다. 온도 차이가 심했던지 유리관 표면에 금세 성에가 엉겼다. 유리관에는 반쯤 희석된 우유처럼 흰 액체가 가득했고, 그 사이로 사람의 살빛이 언뜻거렸다.

눈을 꼭 감고 있는 여자가 들어 있었다.

남자가 여자의 얼굴 쪽으로 손전등 불빛을 들이댔다. 다음 순간

머리를 세차게 강타하는 것 같은 충격이 밀려오면서 정신이 번쩍
들었다. 남자가 나를 여기로 데려온 이유를 단번에 깨달았다.

　아내였다.

10

어떻게 된 걸까.

믿기지 않는 광경 앞에 몸이 부들부들 떨렸다. 허겁지겁 유리관으로 다가가 내가 보고 있는 것이 사실인지 확인하려 했다. 그러나 쩍, 하고 살갗이 들러붙는 차가운 느낌 탓에 표면을 만져볼 수도 없었다.

나는 뒤로 물러나서 아내의 상태를 살폈다. 지하실에서 마주쳤을 때처럼 끔찍한 몰골이 아니었다. 누군가가 정성스레 복원한 듯 피부와 머리카락과 손발톱, 그 모든 것이 새것처럼 완벽했다. 창백한 얼굴, 가느다란 팔목, 아직은 부풀지 않은 아랫배. 아내는 죽어 있는 것 같기도 했고 잠들어 있는 것 같기도 했다.

그러나 아이, 아이도 그럴까?

순간 눈이 뒤집혔다.

순수한 분노가 꿈틀거리며 혈관의 피톨에 불을 붙였고, 내부의

116

무언가가 활활 타오르기 시작했다. 더 이상 분노를 억누르고 싶지 않았다. 그게 나를 휩쓸도록 내버려두고 싶었다.

나는 계기판을 조작하고 있는 남자에게로 몸을 돌렸다. 아마도 남자는 답을 알고 있을 것이다. 정신을 차렸을 때 나는 남자의 멱살을 틀어쥐고 있었다. 방독면을 쓴 그의 숨소리가 가빠졌다.

"어디까지 알고 있는 거야?"

나는 소리를 질렀다. 공장의 내부에 메아리가 울려 퍼졌다. 누가 달려온다고 해도 상관없었다. 모든 게 남자 때문이라는 생각이 들었고, 이성적으로는 그게 아니라는 걸, 더 거대한 뭔가가 도사리고 있다는 걸 잘 알았지만 그래도 폭발하는 분노를 제어하기 힘들었다.

멱살을 쥔 두 손이 파들거렸다.

아내뿐만이 아니었다. 여기에 있는 수많은 용기들마다 우리와 같은 처지의 사람이 잠들어 있다고 생각하자 몸서리가 쳐졌다. 남자는 아무런 저항도 없이 순순히 몸을 내맡기고 있었다. 이런 반응을 보이리라 예상하고 있었다는 듯이. 남자의 얼굴을 확인하고 싶어졌다. 억지로 방독면을 벗기려는 순간이었다.

삑 하는 소리와 함께 계기판에서 음성이 들렸다.

"보존액을 제거합니다."

맹렬한 속도로 유리관을 채우고 있던 용액이 빨려 내려갔다. 수위가 줄어들면서 침침한 조명에 아내의 모습이 드러나기 시작했다. 나도 모르게 팔목의 힘이 풀어졌다.

기진맥진한 남자가 바닥으로 무너졌다. 남자가 캑캑거리며 숨을 고르는 동안에도 아내에게서 시선을 뗄 수 없었다. 이제 보존액이 모두 빠져나간 유리관은 작동을 마친 듯 멈춰 있었다. 아내는 감은 눈을 뜨지도, 손가락을 까딱하지도 않았다. 어느 틈엔가 남자는 휘청거리며 일어나 계기판으로 다가가고 있었다.

"말해, 뭘 알고 있는지."

나는 남자를 노려보았다. 남자는 아무 말도 하지 않았다. 그가 스크린 가운데 떠오른 버튼을 누르자, 달칵 하는 소리와 함께 유리관이 열렸다. 톡 쏘는 박하향이 콧속을 파고들었다.

아내가 눈을 떴다.

나는 얼른 달려가 아내의 손을 붙들었다. 손가락이 조금씩 꿈틀거리며 팔 전체가 움직이고 있었다. 아내의 얼굴을 더듬었다. 싸늘하지만 희미한 온기가 느껴졌다. 이렇게 무사한 모습으로 깨어나다니 가슴이 벅차서 견딜 수 없었다.

"여기가…… 어디죠?"

아내가 나를 의아하게 바라보았다. 눈동자가 서서히 커다래지더니 사색이 되어 손을 뿌리쳤다. 뭔가 이상하다는 생각을 하기도 전에 유리관에서 낯선 소리가 들렸다.

나는 몇 발짝 뒤로 물러섰다. 아내의 몸을 고정해주고 있던 장치가 해제되는 소리였다.

그제야 자유를 얻은 아내는 자신의 몸 이곳저곳을 움직이거나 더듬어보았다.

"여보, 정신이 들어?"

아내는 이제 유리관 밖으로 나와서 몇 발짝을 걷다 멈춰 섰다. 그리고는 또다시 자신의 몸을 내려다보았다. 왜 여기 있는지 이해할 수 없다는 듯한 표정이었다. 그건 내가 처음 병실에서 일어났을 때

지었던 그 표정과 같았다.

"날 알아보겠어?"

나는 다시 아내에게로 다가갔다. 그동안 겪었던 것들을 모두 아내에게 말해주고 싶었다. 하지만 어디부터 시작을 해야 할지 알 수 없었다. 또한 아내가 복제인간이 아니라는 사실도 확인해야 했다.

"누구…… 세요? 내가 왜 여기 있는 거죠?"

텅 빈 항아리 같은 눈동자. 처음에는 말문이 막혀서, 그 다음에는 이 상황을 어떻게 이해해야 할지 감을 잡을 수가 없어서 나는 허둥거렸다.

"분명히 숙소에서 잠이 들었는데……."

아내는 나와 남자를 번갈아 보았고, 아무런 대답이 돌아오지 않자 자신이 들어 있던 유리관을 가리켰다.

"이건 도대체 뭐예요? 제 남편은 어디 있죠?"

"여보, 기억이 안 나는 거야?"

나는 아내에게로 손을 뻗었다.

"가까이 오지 마!"

아내가 날 선 고함을 질렀고, 아랫배를 감싸 쥐면서 물러났다.

위협을 당한 사람처럼 아내는 도망칠 곳을 찾아 사방을 두리번거렸다. 나는 말문이 막혀 멍하니 그 모습을 바라볼 수밖에 없었다.

아내의 기억에서 내가 사라졌다니.

두 다리가 후들거렸고, 멀미를 하는 것처럼 속이 메슥거렸다. 그제야 완전히 변색된 내 두 손이 눈에 들어왔다. 지금의 아내에게 나는 낯선 사람, 그것도 피부가 괴사되고 있는 환자일 뿐이었다.

머리가 터질 것 같았다.

차근차근 생각을 정리해야 했다. 지금의 아내가 병원에 오기 전까지의 일만 기억하고 있다면, 병원 지하에서 나를 만나고 요원들에게 끌려간 기억은 사라졌다는 소리였다. 그렇다면 그들이 일부러 아내의 기억을 지운 뒤 여기에 도로 집어넣었을 것이다. 어쩌면 복제된 아내들이 깨어나 여럿이 돌아다니고 있을지도 몰랐다. 그럴 가능성도 염두에 두어야 했다.

아내가 간호사처럼 안드로이드인 것 같진 않았다. 그랬다면 저런 정교한 감정 반응을 보일 리가 없었다. 물론 그것은 나만의 느낌에 불과했다. 만일 안드로이드로 제작한 게 아니라면 다른 방법으로 복제를 했을지도 모른다……. 더는 생각을 진전시키기 힘들었다.

그제야 나는 남자가 곁에 있음을 새삼스럽게 깨달았다. 복제된 아내가 있던 그 실험실에서 작업을 하던 건 바로 남자가 아니었던가.

"내 아내를 복제한 게 너였어."

내가 아닌 다른 누군가가, 내 목소리를 빌어서 말하는 것만 같았다.

남자가 잠시 망설이다가 입을 열었다. 그의 목소리는 침통했다.

"그렇지 않아."

"설마 이런 짓을 하면서도 시키는 대로만 했다는 변명을 하는 건 아니겠지."

남자는 한참 동안 말이 없었다. 당장이라도 때려눕히고 싶었지만 어찌 되었든 지금으로선 남자의 도움을 받을 수밖엔 없었다.

"이제 와서 나를 왜 돕는 거지?"

"복수를…… 해야 하니까."

"복수?"

무슨 소린지 여전히 알아들을 수가 없었다. 복수라면 오히려 내가 해야 될 일이었다. 문득 등골이 오싹해졌다. 그가 하고 싶은 복수……. 이 건물을 모두 폭파시키고 싶을 만큼 그의 분노를 쌓아올린 게 무어란 말인가.

남자가 결심한 듯 말문을 열었다.

"잘 들어. 복제된 신체를 상온에서 각성시키게 될 경우, 잠복기를 거쳐서 발현기가 시작돼. 잠복기는 사람에 따라 다르지만 보통 일주일 내외야. 잠복기에는 일시적인 기억상실이 있을 수 있지만 나머지 기능은 모두 정상을 유지해."

"그게 무슨……?"

"기억은 시간이 지나면 되돌아오기도 하지만, 영원히 사라지기도 하지. 하지만 중요한 건 기억이 아니야. 잠복기가 모두 지나면……."

"그게 무슨 말이죠? 내가 기억을 잃었다는 소린가요?"

아내가 불쑥 끼어들었다. 아내는 불안한 표정을 보자 가슴이 철렁했다. 이제는 절대로 아내와 떨어질 수 없었다. 어떤 결과가 닥치더라도 아내와 아이 곁에 있어야만 했다.

"여보, 안심해. 여기서 어떻게든 나가게 해줄 테니까. 내가 꼭……."

"말조심해요. 누가 누구 아내라는 거예요?"

아내의 눈빛은 결연했다. 자신의 남편이 돌아올 때까지 절대로 물러서지 않겠다는 듯.

이대로 영원히 아내가 나를 기억하지 못한다고 생각하자 암담했다. 문득 하나의 의문이 고개를 들었다. 아내가 기억하고 있는 남편은 누구란 말인가. 내가 아니라면 대체 누구를 남편이라고 생각하는 걸까. 그때 남자가 한 발짝 앞으로 나섰다.

"좋습니다. 남편 분을 찾게 도와드리죠. 남편 분 이름이 어떻게 되시죠?"

"네?"

"이름이요, 이름."

"그게⋯⋯."

아내의 목소리가 떨렸다.

"그럼 생김새는요? 주소나 연락처 같은 건 기억하고 있어요?"

아내는 고개를 흔들었다. 내가 나서려고 하자 남자가 저지하는 듯한 손짓을 보냈다. 그는 침착하게 말을 이어나갔다.

"잘 들으세요. 여긴 지하에 있는 병원이에요. 아니, 병원이라고 해선 안 되겠군요. 어쨌든 여기서 사람들을 납치한 뒤 생체 실험을 벌이고 있어요."

"생체⋯⋯ 실험을 하고 있다고요?"

"그래요. 여기 들어오기 전에 뭘 하고 있었는지를 떠올려보세요. 어젯밤 잠들기 전에 어디 있었습니까?"

그건 간호사가 나에게 던진 질문이기도 했고, 내가 여자에게 던진 질문이기도 했다. 하얗게 얼굴이 질린 아내가 말을 멈추고 생각에 빠졌다.

"모르겠어요. 하나도 기억이 안 나요."

괴로워하는 아내의 표정을 보고 있자니 마음이 편치 않았다. 그러나 나 역시 아내를 까맣게 잊고 있다가 뒤늦게 떠올리지 않았던가.

남자의 말이 옳다면 아내 역시 시간이 지나면 나를 기억해낼지도 몰랐다. 설령 이대로 기억을 잃는다 해도 그건 지금 당장 해결할 수 있는 문제가 아니었다. 어쨌거나 지금은 아내가 살아있고, 우리가 다시 만났다는 것만도 감사할 일이었다.

그때 멀찍이서 폭발음이 들렸다. 지하실의 문이 터져나가는 모습이 눈에 선했다. 잠금장치가 열리지 않자 문을 통째로 날려버린 듯했다.

"저게 무슨 소리예요? 우리를 가둔 그 사람들인가요?"

아내가 불안한 기색으로 남자와 나를 번갈아 바라보았다. 요원들에게 또다시 붙들리지 않으려면 지금 움직여야 했다. 남자는 비상출입구로 달려가기 시작했다. 하지만 그를 뒤따르려는 순간 내가 움직일 수 없다는 사실을 깨달았다.

지금은 아니다, 지금은.

나는 도리질을 했다. 앞으로 나가려고 했지만 그럴 수가 없었다. 아내와 남자의 모습이 흐릿해졌다. 악의를 가진 누군가가 내 의식에다 일시정지 버튼을 누른 것 같았다. 시야는 서서히 어두워졌다. 바닥에 붙박인 두 다리가 후들거렸다. 약효가 떨어지면 쓰러지게 될 거라던 남자의 말이 비로소 실감나기 시작했다. 누군가가 눈앞으로 다가오더니 양손으로 어깨를 붙들었다. 얼굴을 바라보려 했지만 아까의 꿈속에서 그랬던 것처럼 얼굴의 윤곽이 사라져 있었다.

"이걸 기억해내야 돼, 여보. 당신이 모든 걸 끝낼 수 있어."

놀랍게도 그건 아내의 목소리였다.

무릎에 힘이 풀렸다.

방금 전만 해도 나를 기억하지 못하던 사람이 어떻게 나를 기억해낸 걸까? 끝을 내라는 지금 그 말은 무슨 뜻일까? 그렇게 묻고 싶었지만 입술이 굳어진 듯 아무런 말도 할 수가 없었다. 나는 바닥에 쓰러지며 얼굴 없는 사람을 뒤쫓던 악몽을 떠올렸다. 나와는 동떨어진 세상에서 벌어지는 것처럼 모든 게 아득했다.

"저놈들은 몇 번이고 되풀이해서 널 살려냈지만 이번은 아니야. 이번이 마지막 기회야. 깨어나면 꼭 지하로 돌아와야 돼, 꼭……."

이번에는 남자가 속삭였다.

남자가 각성제를 한 번 더 주사해주길 바랐다. 그의 팔이라고 짐작되는 무언가를 힘껏 움켜쥐었다. 잠이 거대한 입을 벌리는 것이 느껴졌다. 나는 눈을 뜨고 있으려고 애를 썼다. 눈을 감고 그 입속으로 삼켜지게 되면 다시는 깨어나지 못할 것이다. 그러나 내 의식은 이미 물 속 깊은 곳으로 가라앉고 있었다.

"이건 과정의 일부야. 넌 이미 답을 알고 있어."

내게 대답이라도 하듯이 남자가 중얼거렸다.

그게 신호였을까. 내리 덮인 기억 속에서 뭔가가 더 솟아오를 듯 꿈틀거렸다. 시야가 둘로 쪼개졌다. 약효가 사라진 자리에 통증이 차오르고 있었다. 나는 고개를 흔들었다. 갈증은 이미 충분했다. 누가 모든 걸 알아듣게 설명해주길 바랐다.

복도 저편에서 이리로 달려오는 소리가 들렸다. 이러고 있다간 또다시 놈들에게 붙들릴 터였다. 이미 한계를 넘은 고통이 몸을 잠식하고 있었다. 남자를 붙든 팔에 서서히 힘이 풀어졌다. 나는 바닥으로 무너져 내렸다. 그러나 아내와 남자는 쓰러진 나를 그저 내려다보고만 있을 뿐이었다.

꿈이구나.

그러나 어디부터 꿈이었을까. 이런 꿈을 꿀 수도 있는 걸까? 스스로가 꿈을 꾸고 있다는 걸 알아차렸다면, 이걸 꿈이라고 불러선 안 될 것 같았다.

마개를 뽑은 수영장 물이 한꺼번에 빠져나가듯 중력이 나를 아래로 빨아 당겼다. 나는 아내의 손을 붙들었다. 마지막 힘을 짜내서 중얼거렸다. 그게 말이 되었는지는 확신할 수 없었지만.

"기다려, 내가 갈게……."

11

"얼마나 더 견딜 수 있는지 확인해주세요. 최대한으로 추출해야 돼."

"이게 최대치예요."

목소리들.

몇 개의 목소리들이 엇갈리고 있었지만 무슨 뜻인지는 바로 알아들을 수 없었다.

칼날이 회전하는 소리. 살점이 타들어가는 소리. 규칙적으로 삑삑거리며 심장 박동을 기록하는 소리. 그 모든 소리들이, 반투막을 통과하지 못한 알갱이처럼 이질적으로 느껴졌다.

눈을 뜨고 있었지만 정말로 뜨고 있는 것 같지 않았다. 눈앞은 어슴푸레한 장막으로 뒤덮여 있었다. 목덜미 바로 뒤에서 기계의 회전음이 들렸다.

저만치서 빛의 물결들이 나에게로 몰려드는 것이 보였다. 그 물결들은 하나하나의 사진이자 영상이자 기억이었다.

나는 그 중 하나를 자세히 들여다보았다.

아름다운 봄날이었다. 새순이 돋아난 버드나무 그늘 아래 네 사람이 앉아 있었다.

여자와 남자, 두 명의 어린아이.

그들은 사이좋게 그늘에 앉아 호수를 바라보고 있었다. 더없이 평범해 보이는, 더없이 평화로워 보이는 한 가족이었다.

다른 장면에서, 아이들은 한여름의 태양을 맞으며 물장구를 치고 있었고, 자전거를 타고 가을 낙엽이 쌓인 가로수 길을 달렸다.

겨울밤, 아이들은 얼굴과 손이 초콜릿 범벅이 된 채로 울음을 터뜨리고 있기도 했고, 처음으로 사귄 친구에게 편지를 쓰고 있기도 했다. 아내와 나는 그 모든 장면들 뒤에서 손을 꼭 붙들고 있었다.

내가 꿈에 그리던 완벽한 가족.

누구 하나 다치거나 죽지 않은 채, 언제까지나 서로가 서로를 아끼고 사랑하는 가족.

영상이 계속됐다. 시간은 흐르고, 아이들은 자라고, 아내와 나도 늙어갔다. 그러나 함께 있다는 이유만으로 모든 걸 감당할 수 있었다. 그래, 그 장면들을 실제로 만들기 위해서 그리고 그걸 지키기 위해서 나는 뭐든 할 준비가 돼 있었다.

완벽한 행복은 끝도 없이 변주됐다. 필름이 감기듯 그 장면들이 스쳐 지나가는 동안 내 눈가가 뜨거워졌다. 그랬어야만 했다. 처음부터 그랬어야만.

누군가가 내게로 다가왔다.

"의식이 돌아왔습니다."

"일시적인 거겠지."

"완전히 각성했는데요? 이런 적은 처음이에요. 소장님, 아무래도……."

간호사의 목소리였다. 기계음이 뚝 끊겼고, 모니터에서 들리는 심장 박동소리만 이어졌다.

"프로세스 중단하세요."

눈앞을 흘러가던 화면들이 거짓말처럼 사라졌다. 차갑고 텅 빈 감각만이 남아 있었다. 차라리 모든 게 꿈이기를 바랐다. 다시 눈을 떴을 때 집이기를, 아내와 아이의 곁이기를 바랐다. 나는 대체 왜 여기에 있는 것일까.

"선생님, 제 목소리 들리십니까?"

차분하고 단조로운 의사의 목소리.

갑자기 눈앞이 확 트였다. 감당할 수 없는 빛이 눈을 도로 감게 만들었다. 우물 안에 누워 있는데 하필 태양이 그 위를 내리쬐는 듯했다. 누군가 조명의 각도를 빗겨가게 해주었다.

나는 다시 눈을 떴고, 빛이 닿지 않는 쪽을 멀거니 바라보며 초점이 맞춰지길 기다렸다.

수술실인 듯했다.

지금까지 수술을 받아본 적은 한 번도 없었지만, 빌어먹을 기시감이 또다시 나를 뒤흔들었다. 모든 것을 두 번 세 번 반복하고 있는데도 기억을 못 하고 있는 건 아닌가 싶을 정도였다. 저들이 저지른 짓을 감안하면 충분히 그러고도 남을 일이었다. 그 기억들을 바로잡을 방법이 과연 있을지가 문제지만.

메스꺼운 피 냄새.

의사와 간호사가 보였다.

그들은 내가 누운 수술대에 나란히 서서 나를 내려다보고 있었는데 한창 수술 중이었던 것 같았다. 확대경에 비춰진 것처럼 몸의 비율이 엉망진창이었다. 그 모습이 무섭다기보다 우스꽝스러울 지경이었다.

끝에 날카로운 송곳을 달고 있는 로봇 팔 두 개가, 그들 뒤쪽에 멈춰 있었다. 내가 아니라, 내 맞은편에 놓인 수술대의 다른 환자를 수술하고 있었던 것 같았다.

색깔이 다른 여러 개의 호스, 실시간으로 그래프가 약동하고 있는 스크린 몇 대. 수술대 옆 철제 카트에는 메스, 가위, 석션 도구, 두개골 정도는 간단히 뚫어버릴 것 같은 기다란 날을 가진 전동 드릴이 번쩍거렸다. 거기에도 피가 묻어 있었다.

입술을 달싹였지만 목구멍이 완전히 메말라 있었다.

"가스가 좀 더 필요하겠는데."

의사가 말하자 간호사가 벽 쪽에 설치된 또 다른 장치를 향해 다가갔다. 장치에는 얇은 주름이 잡힌 파이프가 빠져나와 있었고 그 끝에는 호흡기가 달려 있었다. 간호사가 밸브를 돌리고 화면을 조작하기 시작했다.

이미 끝장이 난 것인지, 앞으로 끝장이 나길 기다리고 있는 것인지 처한 상황을 파악하기 힘들었다.

수술실의 천장에 둥근 유리 반구가 달려 있는 것이 보였다. 감시 카메라일 터였다.

녹화를 하고 있는 듯 초록색 불빛이 일정한 간격을 두고 깜박이고 있었다. 어디까지가 꿈이고, 어디까지가 현실이었는지 스스로를 믿을 수가 없었다. 객관적인 사실을 기록한 영상을 볼 수 있다면 이런 의심은 사라질 텐데.

몸을 일으키려고 시도했지만 부질없는 짓이었다. 목 아래쪽이 완전히 마비돼 있었다.

"그대로 누워 계세요. 아직도 악몽을 꾸고 계신 겁니까? 여긴 수술실이에요. 아까 제가 집도를 하겠다고 말씀 드렸던 것, 기억하시죠?"

의사가 말했다. 나는 어색하게 내 몸을 내려다보았다. 시트로 덮인 채 비스듬하게 세워진 수술대에 누워 있는 건 내 몸이 아니라 마네킹 같았다. 다행인지 불행인지 통증은 없었고, 이대로 의사가 나를 토막 낸다고 해도 아무런 고통도 느끼지 못할 듯했다. 아직 수술이 시작된 것 같지는 않았다.

머리는 약물에 취한 듯 흐리멍덩했다. 꿈이었을까, 아니면 현실이었을까. 지하실에서 남자와 아내를 만났던 일은 아득하기만 했다. 아내는 왜 나를 기억하지 못하는 척했을까. 지하로 꼭 돌아오라던 남자의 말은 또 무슨 뜻이었을까······.

그 순간 의사가 고개를 옆으로 뉘었다.

현실감이 되살아나면서 뭔가 이상한 느낌이 들었다.

1미터도 안 되는 간격을 두고 수술대 하나가 더 있었다. 수술대에 모로 누운 사람과 눈이 마주쳤다. 순간, 쇠망치로 머리를 얻어맞은 기분이었다. 잠시 동안 눈앞에 아무것도 보이지 않았다.

나였다.

가느다란 눈썹, 매부리코에 두툼한 입술, 갈비뼈가 거의 드러날 정도로 홀쭉해진 상체. 그의 팔목에 감겨 있는 붕대가 보였다. 맞은편 팔목에는 이빨 자국이 새겨져 있었다. 마치 내 앞에 거울이 놓여 있는 듯했다. 다른 점은 저 사람의 이마 윗부분이 열려 있다는 점뿐이었다. 의사가 그의 두개골을 절개한 게 분명했다. 아직 봉합하지 않은 그 자리에서 시뻘건 뇌수가 느릿느릿 흘러내리고 있었다. 핏방울은 너무도 선명한 붉은색이었다.

역겨웠다.

속엣것을 모조리 게워내고 싶었다. 그러나 고개를 마음대로 움직이는 것조차 힘겨웠다. 나는 물에서 건져 올린 사람처럼 헛구역질을 해댔다.

"아직 멀었습니까?"

의사가 간호사에게 물었다.

"5분은 더 걸릴 것 같아요."

내가 숨을 제대로 쉴 수 있도록 도우려는 듯 의사가 고개를 반듯이 돌려놓았다.

"진정하세요, 선생님. 저건 신경 쓰지 않으셔도 됩니다."

'저것'이라니. 손아귀에 땀이 고였다. 사람이 아니라는 말일까?

나는 호흡을 진정하려고 애쓰면서 힘주어 고개를 다시 눕혔다. 나, 아니 나를 닮은 그의 부릅뜬 눈은 시간을 잃고 허공에 멈춰 있었다. 그러나 눈동자와는 대조적으로 그의 붉게 물든 근육 섬유들은 맥박이 뛰듯 규칙적으로 박동하고 있었다. 살아있다는 신호였다.

"진정제라도 주사해야겠어요."

간호사가 근처의 서랍을 열고 그 안을 뒤적거렸다. 또 하나의 나에게서 도무지 시선이 떨어지지 않았다. 온몸이 덜덜 떨렸다. 실제로 복제된 내 몸을 보게 되리라고는 상상도 하지 못했다. '저

것'도 의식을 갖고 있을지 궁금했다. 남자의 뒤통수에 연결된 전선이 머리맡의 장치에 연결되어 있었다. 전선에서는 무수한 불빛이 깜박였다. 내 뒤통수에도 전선이 연결되어 있다는 걸 알 수 있었다.

저 남자에게 기억을 이식한다면…… 남자가 내 행세를 할 수도 있을까?

간호사가 몸을 돌려 내게로 다가왔다.

다음 차례는 너야.

본능이 속삭였다.

비로소 내가 처한 상황을 알 수 있었다. 죽임을 당하는 것과는 차원이 다른 문제였다. 이대로 수술을 받으면 돌이킬 수가 없을 것이다. 내가 죽고 나서도 '저것'이 내 행세를 하게 될 테니까. 나는 있는 힘을 다해 온몸을 비틀었다.

심장박동을 기록하는 모니터의 소리가 빨라지기 시작했다. 하지만 약물에 찌든 팔다리는 여전히 움찔거리기만 할 뿐이었다.

서둘러 방의 나머지 부분을 훑어보았다.

3미터는 족히 떨어진 지점에 세 개의 문이 있었는데 각각의 문에는 아무런 팻말도 없었다. 대각선으로 빨간 줄이 덩그러니 그어져 있을 뿐. 조금 더 고개를 돌리자 복도로 통하는 미닫이문이 보였다. 문은 닫혀 있었지만 잠금장치는 눈에 띄지 않았다.

어느 틈엔가 다가온 간호사가 몸을 숙였다.

손에 주사기가 들려 있었고, 바늘 끝에는 투명한 액체 한 방울이 맺혀 있었다.

숨이 꽉 막혔다. 이런 몸 상태로는 저항할 수가 없을 듯했다. 진정제까지 맞는다면 다시 정신을 잃을 것이고, 수술이 재개될 터였다. 울분과 무력감이 동시에 치밀었다. 한 존재를 복제하여 다른 존재로 바꿔치기 하다니, 놈들의 목적은 도대체 무엇일까. 만일 저것이 내 행세를 하게 된다면 죽어서라도 눈을 감을 수 없을 듯했다. 그러나 혼자서는 아무것도 할 수 없었다. 문득 실험실 남자의 모습이 떠올랐다. 그가 다시 한 번 나타나서 상황을 바꿔주길 바랐다.

"긴장 푸시고 다시 눈을 감으세요. 일을 어렵게 만든 건 본인이니까 그만한 책임을 지셔야죠. 복원에만 성공한다면 소원대로 가족을 만나게 해드리겠습니다."

의사가 말했다.

뱃속에서 뜨거운 기운이 치솟았다. 가족 없이 홀로 병원에 왔다는 의사의 말은 역시 거짓이었다. 나는 정신을 한곳으로 집중하며 손가락과 발가락을 움직여보려 했다.

간호사가 내 목덜미를 문질렀다. 일말의 희망을 갖고 간호사의 눈동자를 들여다보았지만 그 눈동자엔 아무런 감정도 들어 있지 않았다.

머리가 멍했다.

바늘 끝이 닿는 게 느껴졌다. 나는 움직이길 포기하고 눈을 감았다. 내 목구멍에서 힘없이 바람이 빠지는 소리가 새어 나왔다. 구원의 손길 같은 것은 없어. 누군가가 속삭였다. 마침내 아이가 있는 곳으로 가게 되었다는 생각이 들자 마음이 차분해졌다가, 아내를 홀로 두고 떠난다는 생각이 들자 형언할 수 없는 죄책감이 밀려들었다.

그때 아주 가까이서, 무언가 울부짖는 소리가 들렸다.

의사와 간호사가 서로를 마주보고 있었다. 침착하려 애쓰고 있었지만 의사의 안색은 이미 창백해졌다.

"보안 팀, 상황 보고해주시기 바랍니다."

간호사가 임플란터블 장치에 대고 외쳤지만 응답은 없었다.

"아래층인 것 같은데요."

"가서 직접 확인해줘요. 여긴 내가 맡을 테니."

간호사가 의사에게 주사기를 건네준 다음 얼른 미닫이문을 열어 젖혔다. 좀 더 선명하게 울부짖는 소리가 들렸다.

문이 닫히고 간호사가 달려가는 소리가 들렸다. 그 소리는 금세 사라졌다.

설마 아내가 내지르는 소리라면? 무작정 그렇게 생각하자 정지한 줄 알았던 심장이 펄떡대는 게 느껴졌다. 어쩌면 지하에서 아내를 깨운 것은 꿈이 아닐지도 모른다. 근처의 수술실에 잡혀 있는 걸지도 모른다. 나는 입술을 지그시 깨물었다.

분명한 건 이놈들에게 두 번 다시 수술을 당하고 싶지 않다는 사실뿐이었다. 나는 있는 힘을 다해 몸을 뒤틀었다.

"선생님, 가만히 계셔야 합니다."

주사기를 들고 다가오려던 의사가 걸음을 멈추고 시선을 돌렸다.

맞은편 수술대에 누워 있던 그것이 금방이라도 일어날 것처럼 꿈틀거리고 있었다.

발작을 일으키듯 팔과 다리가 허공을 휘저어 댔다. 그의 두 눈이 뒤집혀 있었다. 요란한 소리를 내며 수술대가 순식간에 뒤집혔다.

홍건하던 피가 사방으로 튀었다. 의사는 반사적으로 뒷걸음질 치면서 당황한 듯 몸을 휘청거렸다.

그 틈을 타서 나는 온힘을 다해 일어나려고 애썼다. 나를 도와줄 사람은 지금 나 밖에는 없었다. 마비에서 단번에 풀려날 순 없었다. 그러나 온몸을 칭칭 감고 있던 무수한 실들 중 몇 가닥 정도는 뜯겨 나간 듯했다. 그걸로 충분했다. 얼마 지나지 않아 찌르르한 감각이 느껴졌다.

나를 닮은 그것이 고통에 겨운 신음을 발하고 있었다.

이제껏 병실에서 들리던 그 의문의 신음소리와 닮아 있었다. 어쩌면 몸이 복제되었음에도 의식이 제대로 복제되지 않은 존재들이 그동안 난동을 부린 게 아닐까 하는 생각이 들었다.

사람들을 무수히 복제하고 폐기하는 과정을 통해 의사는 그 부작용을 완전히 없애려는 것이다. 만일 그렇게 된다면 자유자재로 사람들을 바꿔치기 할 수 있을 테니까.

팔이 조금씩 움직여지기 시작했다. 물속에 잠겨 있을 때처럼 느려 터진 속도긴 해도. 수술대가 흔들리기는 했지만 수술대를 넘어뜨리거나 몸을 일으키기엔 역부족이었다.

바닥으로 떨어진 그것은 늪에서 빠져나오려는 사람처럼 사지를 버둥거리고 있었다. 다행인지 불행인지 목덜미에 연결된 전선이 그를 꽉 물고 놓아주지 않았다. 의사는 맹수가 먹이에게 다가가듯 천천히 그에게 접근했다. 숙련된 사육사처럼 의사는 마침내 나에게 놓으려던 진정제 주사를, 그의 목덜미에다 박아 넣는 데 성공했다.

잠시 버둥거리던 남자의 몸이 축 늘어졌다. 나는 의사가 눈치채지 못하도록 다리를 좀 더 움직여보았다. 이제 다리도 움직일 수 있었다. 그때 의사가 나를 흘긋 바라보았다. 이제는 내 차례라고 말하는 듯했다.

의사는 진정제를 놓기 위해 주위를 두리번거렸다. 그때 마침 가스 제조가 완료되었음을 알리는 알람 소리가 들렸다. 의사가 마취 가스 제조기로 다가갔다.

투명한 저장 용기 속에 뭉글거리는 마취 가스가 보였다. 저걸 마시는 순간 나는 영원히 잠들지도 모른다. 그리고 내 복제인간이 영생을 얻을 것이다. 오싹한 느낌이 나를 휩쓸었다.

저들의 진짜 목적을 알 것 같았다.

그러나 제대로 생각을 이어나가기엔 상황이 너무도 급박했다.

아직 기다려야 돼.

나는 속으로 숫자를 세기 시작했다. 열아홉까지 셌을 때 의사가 호흡기를 분리했다. 호흡기의 호스를 길게 뽑아 들고는 나에게로 다가왔다. 나는 눈을 감았고, 의사가 그것을 체념의 표현으로 받아들이기를 간절히 바랐다.

조금만 더…….

의사가 내 쪽으로 몸을 기울이는 게 느껴졌다. 내 코와 입술이 호흡기로 완전히 뒤덮였다. 가스가 밀려들려는 그 순간, 나는 있는 힘을 다해서 상체를 일으켰다.

온힘을 다 쏟아 부어 내 이마로 그의 얼굴을 들이받았다.

의사가 비명을 지르며 바닥으로 나가떨어졌다.

마취가스가 새어 나오며 피식거리는 소리가 났다. 호흡기는 살아 있는 듯 꿈틀거렸다.

나는 숨을 꾹 참고 수술대에서 두 다리를 내려 바닥을 짚었다. 복도로 나가야 했다. 비명소리가 누구의 것인지 확인해야 했다. 또다시 구토감이 몰려오면서 시야가 두 개로 나뉘어졌다. 누군가가 뇌를 잡고 흔들어대는 것 같았다.

해내야 돼.

심장이 터질 듯 뛰었다. 손으로 코와 입을 가리고 한 발을 떼어냈다. 시야가 조금 가라앉는 느낌이었다. 곧장 문으로 달려가려고 했지만 마음만 그랬을 뿐, 간신히 한 발짝을 떼는 데 성공했을 뿐이었다. 그러나 또다시 한 발을 더 떼어내려 했을 때, 발걸음이 휘청거렸다.

수술대 아래로 뻗어 나온 팔이 보였다. 어느새 정신을 차린 의사가, 내 발목을 움켜쥐고 있었다.

나는 넘어지지 않으려 허우적거렸다. 붙들린 발목을 빼내는 데는 성공했지만 반동으로 인해 철제 카트와 함께 바닥으로 넘어졌다. 수술 도구들이 와장창 쏟아졌다. 어딘가가 부딪힌 듯했지만 상처를 확인할 시간 같은 건 없었다.

숨을 들이마시자 콧속으로 희미한 마취 가스의 기운이 느껴졌다. 의사도 마찬가지로 마취의 위험을 겪는 듯했다. 나는 얼른 숨을 참으며 주위를 두리번거렸다. 미닫이문은 의사의 뒤쪽에 있었고 그는 물러설 기색이 아니었다.

"어딜 가시려고요?"

의사가 헐떡였다. 마스크 너머로 부릅뜬 그의 눈이 보였다. 바닥을 더듬거리자 운 좋게 메스가 손에 잡혔다. 나는 메스를 단단히 쥐고 일어났다.

"선생님, 시간 낭비하지 맙시다. 보안 팀을 부르면 선생님은 어차피 수술대에 눕는 일밖에는 없어요. 이미 몇 번이나 그러셨잖아요."

"내 머리에 또다시 손을 댔다간……."

"손을 대다니요? 저희는 기억 복원을 도와드리고 있는 겁니다. 선생님께서 중요한 기억을 모조리 빼돌리셨잖아요. 이런 상황을 예측이라도 하신 것처럼 말입니다."

도대체 내가 뭘 어떻게 했다는 말인지 알 수 없었다. 어쩌면 미친 것은 내가 아니라 의사인지도 몰랐다.

의사가 깨진 약병을 주워들었다.

날카로운 유리가 나를 겨누었다.

수술대를 사이에 두고 나와 의사는 뱅글뱅글 주변을 돌며 대치하기 시작했다. 마취 가스는 이제 더 이상 새어 나오지 않았지만 그 영향 때문인지 둘 다 조금씩 비틀거리고 있었다.

나는 수술실 문을 흘긋 바라보았다. 어디로 가야 할까? 일단은 1층으로 가서 출구를 찾는 게 옳을 듯했다. 하지만 이렇게 된 이상 순순히 달아나고 싶지는 않았다. 어쩌면 요원들이 없는 지금이야말로 의사를 때려눕힐 기회였다.

"이러는 이유가 뭐지?"

나는 메스를 겨누며 말했다. 여태까지 사람을 상대로 칼을 휘둘러본 적은 없었다. 그러나 치솟는 악의는 의사를 완전히 난도질하는 상상으로 나를 이끌고 있었다.

"그 질문은 너무 광범위한데요."

나는 쓰러진 남자를 가리켰다. 더 이상 그는 움직이지 않았지만, 뇌는 그렇지 않은 듯 데이터는 계속해서 전송되고 있었다. 의사에 의해서 언제든 되살아날 수 있으리란 생각이 들자 진저리가 쳐졌다.

"저 남자는 누구야?"

"아무도 아닙니다."

"알아듣게 얘기해. 저 남자가 누군지."

"교체 이전의 선생님이라고 할까요. 하지만 의식은 없으니 안심하세요. 선생님의 몸은 지금 훨씬 가볍고 튼튼해졌어요. 느껴지시죠?"

눈앞이 아찔했다. 그건 이미 내가 수술을 당했다는 소리였다. 설마 몸을 통째로 갈아치웠다는 이야기일까? 그런 일이 어떻게 가능한지 이해하기 힘들었지만 의사의 말이 맞았다. 팔뚝의 상처는 감쪽같이 사라졌고, 움직일수록 기운이 펄펄 솟아났다. 지금 당장 요원들이 달려온다고 해도 몇 명쯤은 손쉽게 제압할 수 있을 것 같았다.

"이게…… 가짜 몸이라는 건가?"

"가짜라니요. 모두 선생님의 원본에서 배양된 세포들입니다. 뇌 역시 상당 부분 복원이 된 상태입니다."

나는 이를 악물었다. 그런 걸 원한 적은 한 번도 없다.

"모두 선생님이 수고해주신 덕분입니다."

"뭐라고?"

"저희는 단지 그걸 구현했을 뿐이고요. 몇 가지 부작용을 없애기만 한다면 앞으로는 살아있는 동안 영원히 몸을 교체하면서 젊음을 누릴 수 있어요. 말하자면 영생을 누릴 수 있는 거죠. 인간이 신체적인 한계, 정신적인 한계를 뛰어넘으면 얼마나 멀리 갈 수 있을지 상상해본 적 있으십니까? 물론…… 상상하는 건 아무것도 아닙니다. 상상에 머무르지 않고 실제로 그 제약을 벗어나게 만드는 게 관건이죠. 미래는 그렇게 만들어가는 겁니다."

의사의 눈동자가 빛났다.

나는 눈을 부릅뜬 채 그 눈빛을 받아냈지만 발밑이 조각조각 부서져 한없는 어둠 속으로 떨어져 내리는 기분이었다.

의사가 말하는 것들은 이 자리에서 당장 판단할 수는 없는 종류의 일이었다. 확실한 건 나와 아내를 포함해 아무것도 모르는 사람들을 대상으로 불법으로 복제 실험을 행하고, 사살한 것에 대해 죄를 물어야 한다는 것뿐이었다. 그러나 지금은 살아서 이곳을 나가는 것이 우선이었다.

"아내가 어디 있는지 얘기해."

"선생님, 그건 제가 해야 될 질문이에요."

의사가 느닷없이 걸음을 멈추고 마스크를 벗었다.

주름살이 가득한 노인의 얼굴이 드러났다. 살아있는 사람을 납치하고, 그들 몰래 뇌를 도려낼 만큼 잔혹해 보이지는 않았다. 오히려다른 데서 마주쳤더라면 좋은 사람이라고 믿을 수밖에 없는 자애로운 얼굴이었다.

"이쯤에서 저와 약속을 하시죠. 기억이 돌아오는 대로 아내분이어디 계신지 말씀하세요. 그렇게만 해주시면 지금 당장 선생님을내보내드릴 수 있습니다."

대체 무슨 헛소리일까? 무슨 수작을 부리려는 건지 알 수 없었다. 아니면 정말로 정신이 나가버렸든지.

"기억이 안 나시면 날 때까지 수술을 받으시는 수밖에 없습니다. 굳이 수술이 아니어도 되고요. 어차피 몇 개월이면 선생님이 도려낸 뇌세포가 자라날 테니까요."

의사는 마스크를 다시 쓰고, 이제 항복하겠다는 듯이 양팔을 천천히 들어올렸다. 내가 뇌세포를 어쨌다는 것인지 혼란스러웠다.

속아서는 안 돼.

누군가가 속삭였다. 강렬한 악의가 꿈틀거리며 심지에 불을 붙였다. 의사의 손목에서 무한대 기호가 점멸하기 시작했다. 누군가가 그를 호출하고 있었다. 더는 머뭇거릴 시간이 없었다.

나는 수술대를 힘껏 발로 차서 넘어뜨렸다. 비틀거리는 의사에게로 몸을 날렸다.

반대편 어깨를 크게 돌려 의사의 얼굴에다 메스를 휘둘렀다. 그러나 의사는 만만한 상대가 아니었다. 이 정도의 공격은 예상하고 있었다는 듯 간발의 차이로 의사가 한쪽 어깨를 틀어 메스를 피했다. 팔꿈치로 내 턱을 있는 힘껏 가격했다.

"소장님, 동쪽 출구에 문제가 생겼습니다. 숫자가 점점……."

잡음이 나더니 간호사의 목소리가 끊겼다.

급소를 정확히 맞은 덕분에 눈앞이 빙빙 돌았지만 곧 정신을 차렸다. 신체 향상이라고 했던가. 하나하나의 동작을 몸이 흡수하는 느낌이었다. 움직일수록 몸놀림은 정교해졌고, 이상하게 점점 기운이 솟구쳤다. 꿈속에서 그 남자에게 각성제를 맞았을 때와 비슷한 느낌이었다.

괴성을 내지르며 한 번 더 그에게 달려들었다.

의사는 그 나이로는 도저히 믿기지 않을 정도로 날렵했다. 아니, 날렵한 정도가 아니라 너무도 훌륭한 전투 실력을 갖고 있었다. 요원들 중 하나라고 해도 믿어질 정도였다. 그러나 나는 조금도 물러설 생각이 없었다. 있는 힘껏 달려가서 메스를 휘두르자 마스크가 찢기는 소리가 났다.

의사가 주춤주춤 뒤로 물러섰다. 뺨에 그어진 칼자국에서 피가 흘러내리고 있었다. 그는 자기 손바닥에 묻은 피를 확인하고는 사나운 표정으로 고개를 들어올렸다. 지금까지 이렇게 반사신경이 생생했던 적은 없었다.

복도의 어딘가에서, 끔찍한 비명소리가 났다.

이어서 수십 명은 되는 것 같은 웅성거리는 소리, 고통에 울부짖는 소리가 울리기 시작했다.

무슨 일인지 궁금했지만 당장은 눈앞의 상대에 집중해야 했다.

나는 한 발 뒤로 물러난 다음, 의사를 향해 뛰어올랐다. 체중을 실어 그의 가슴팍을 찍어 눌렀다. 곧 의사와 내 몸이 곤두박질쳤다. 내밑에 깔려서 충격을 고스란히 받아낸 의사가 힘겨운 신음을 토했다.

"제대로 말해."

나는 의사의 두 팔을 제압하며 한쪽 무릎으로 숨통을 조였다.

의사는 뒤집힌 벌레처럼 버둥거렸다. 깨진 약병을 도로 주우려는 듯했다. 무릎에 힘을 넣자 의사의 이마에서 정맥이 불거졌다. 폭발하는 분노를 억누를 길이 없었다.

"아내는 어디 있지?"

의사가 실소를 터뜨렸다. 모든 책임은 그에게 있었지만, 죽임을 당할지도 모르는 상황에서 그의 태도는 지나칠 정도로 여유로웠다. 하얗게 센 머리카락마저 나를 조롱하는 것 같았다. 아무래도 호락호락 아내의 행방을 말해줄 생각은 없는 듯했다. 나는 그의 멱살을 꽉 내리눌렀다. 의사의 얼굴이 벌겋게 달아올랐다.

"대답해."

"정말……."

의사가 입술을 달싹였다. 나는 무릎의 힘을 잠시 늦추었다.

"정말 그것까지 잊어버리신 겁니까? 아내분은 오래전에 돌아가셨잖아요?"

심장이 뚝 떨어져 내렸다.

나도 모르게 주먹이 날아갔다. 둔탁한 소리와 함께 의사의 목이 홱 돌아갔다.

"믿기 힘들겠지만 선생님이 만난 건 아내분이 아닙니다. 제 말이 맞다는 걸 알고 계시잖습니까."

의사가 쓰러져 있는 내 복제인간에게로 고갯짓을 보냈다. 메스를 쥔 손이 후들거렸다. 그럴 리가 없었다. 요원들에게 잡혀갔던 건 분명 내 아내였다. 단순한 복제인간이 아니라 아내와 똑같은 느낌을 갖고 있었다. 아내와 똑같은…….

눈물이 떨어져 내리는 것이 느껴졌다.

머릿속의 기억과 의사의 말, 둘 중 어느 것도 신뢰하기 힘들었다. 내가 탈출을 포기하길 바라고 던진 거짓말이기를 바랐다. 아내의 죽음마저 잊어버릴 만큼 스스로가 망가져버린 것이 아니길 바랐다. 속아서는 안 된다. 절대로 속아서는 안 된다.

"불행한 사고였습니다. 아이라도 살릴 수 있길 바랐지만…… 저희도 그 점은 유감스럽게 생각하고 있습니다. 하지만 저희도 최선을……."

또 한 번 주먹을 세차게 내리꽂았다.

의사가 비명을 질렀지만 곧 잠잠해졌다.

더 이상의 헛소리를 듣고 싶지 않았다. 나는 메스를 치켜들었다. 더 이상 손은 떨리지 않았다. 의사의 눈두덩이 벌겋게 부풀어 올랐다. 자신의 생사에는 관심이 없다는 듯 그의 표정은 초연했다. 그가 진실을 쥐고 있고, 그걸 꺼내놓을 생각이 아닌 한 죽이는 건 결코 답이 아님을 알고 있었다. 아내와 아이의 생사 역시 곧이곧대로 믿을 수 없었다. 하지만 그를 이대로 놔두고 싶지 않았다. 애당초 강제로 사람들을 잡아들여 실험을 하지 않았더라면…….

탕!

그때 복도 저편에서 폭발음이 들렸다.

온몸이 뻣뻣해졌다.

내 짐작이 옳다면 저건 총성이었다. 마취 총이나 전기충격기 따위가 아닌 진짜 총소리였다. 곧이어 외마디 비명이 들렸고, 이번에는 단발이 아니라 연사로 총을 내갈기는 소리가 이어졌다.

'사살'이라는 단어가 귓전에 되살아나며 눈앞에 전투 장면이 그려졌다. 뭔가가 부서지는 요란한 소리가 이어졌다.

보안 팀 요원들일 터였다.

잠시 사그라졌던 이성이 다시 고개를 들었다.

누가 누구와 싸우고 있는지 불확실했다. 한쪽이 요원들이라면 다른 한쪽은 누구일까. 문득 폐허로 변해버린 12층 병실의 모습이 떠올랐다. 나처럼 갇혀 있던 환자들이 저항하고 있는 건 아닐까.

복도를 내달리는 발소리가 들렸다. 부츠를 신은 소리인 걸로 봐서는 요원으로 짐작되었다. 의사가 또다시 비명을 지른다면 여기로 놈을 불러들이게 될 것이다. 나는 소리를 내지 못하도록 의사의 코와 입을 단단히 틀어막았다. 발버둥 치던 의사의 몸이 축 늘어졌다.

복도로 향하는 미닫이문으로 다가가 몸을 숙였다. 놈이 이 문을 열고 곧장 쳐들어온다면 어떻게 해야 할지를 생각했다. 발자국 소리로 짐작하건대 요원은 고작 한 명이었다.

침착해야 돼.

나는 속으로 중얼거리며 메스를 휘두를 준비를 했다. 그러나 발소리는 여기로 다가오는가 싶더니 금방 복도를 따라서 오른쪽으로 멀어졌다.

발소리가 충분히 멀어졌다는 생각이 들자마자 미닫이문을 조심스레 열었다. 요원은 복도의 끝으로 사라진 듯했다. 복도는 살짝 경사가 있었는데, 경사가 끝난 지점에서부터 중앙 로비로 짐작되는 널찍한 공간이 시작되고 있었다.

어느 틈엔가 총성은 멈춰 있었다. 한 차례 전투가 휩쓸고 지나간 모양이었다. 고통스러운 신음소리만이 드문드문 들려오고 있었다. 소리는 왼쪽 복도의 모퉁이를 돌아서 들려오고 있었다.

나는 수술실을 돌아보았다.

의사와 내 복제인간을 처리하고 움직이는 게 최선일 듯했다. 나는 수술실 안으로 들어가 복제인간부터 찾아냈다. 이전의 내 몸을 가졌지만 의식이 없다고 했던가. 어쨌거나 내 행세를 할 수도 있는 몸을 저대로 살려둘 수는 없었다. 그러나 막상 축 늘어져 있는 모습을 보자…… 도저히 메스를 휘두를 수가 없다는 걸 깨달았다.

나와 너무도 닮아 있었다.

게다가 당장 죽인다고 하더라도 복제기술과 원본 세포가 남아 있다면 또다시 복제하는 일은 얼마든지 가능할 터였다. 그러려면 원본 세포부터 찾아내서 완전히 파괴해야 할 터였다. 나는 입술을 깨물었다. 아직도 작동중인 장치의 전원을 끄고 놈의 뒤통수에서 전선을 뽑아내는 것이 지금으로서 할 수 있는 전부였다.

어디선가 비상 경보음이 들리기 시작했다.

곧 간호사나 다른 요원들이 수술실로 들이닥칠지도 몰랐다.

타오르는 분노를 애써 억눌렀다. 놈들은 굳이 내가 처리하지 않아도 된다는 생각이 들었다. 지금은 1층으로 가서 출구를 찾는 일이 무엇보다 시급했다. 출구로 나가서 당국에 신고를 하면 단죄를 할 수 있을 터였다.

문제는 아내였다. 그런 일은 생각하기도 싫었지만 아내가 죽고 설령 복제인간만 남아버렸다고 할지라도 인간인지의 여부를 식별할 방법은 없었다. 어쨌거나 함께 시설을 나가야 한다는 점은 변함이 없는 것이다. 그러나 어디로 가야 할까. 나를 도와준 남자는 또 어디에 있을까.

남자라면 아내와 복제인간, 원본 세포에 대한 정보를 모두 알고 있지 않을까.

다시금 눈가가 뜨거워졌다.

이런 때일수록 감정에 휘둘려선 안 된다.

내가 모르는 어떤 소란이 벌어지고는 있지만 그렇다고 언제까지 놈들의 눈을 피해서 시설 내부를 추적할 수는 없을 것이다. 어쨌든 지금은 움직이면서 다른 방법을 생각해봐야 했다.

나는 복도의 인기척을 다시 한 번 살폈다. 돌아다니는 사람은 없었다. 다만 전투가 벌어졌던 것으로 짐작되는 방향에서, 고통스러운 신음소리가 어렴풋이 들려오고 있었다.

요원이 달아난 중앙 로비로 가야 할지 아니면 신음소리가 나는 쪽으로 가야 할지 망설여졌다. 지금은 중앙 로비로 가는 게 더 위험할 것 같았다. 무엇보다도 요원들이 누구와 싸웠는지 확인할 필요가 있었다. 나는 발소리를 죽이고 복도를 걷기 시작했다.

몇 미터도 가지 않아서 내 옆으로 움직이는 무엇인가가 보였다.

걸음을 멈추고 돌아보니 그건 맞은편 복도의 창문에 어른거리는 내 그림자였다. 메스를 들고 환자복 차림으로 도망치는 남자. 멀리서 보니 영락없이 정신병동을 탈출하는 환자였다.

쓴웃음을 지으며 걸음을 떼려는 순간이었다. 어둠 속에서 흔들리는 나무 그림자가 달리 보였다. 어쩐지 밤 풍경을 흉내 낸 가짜 화면 같지 않았다. 나는 걸음을 멈추고 유리창에 다가가서 얼굴을 갖다 붙였다.

여기가 바로 지상층이었다.

저 먼 어딘가에서 별빛이 반짝이고 있었다. 나는 마른 침을 삼켰다. 지금까지 그토록 찾아 헤매던, 진짜 지상의 풍경이었다. 창문의 크기와 높이로 보아 유리를 부순다면 충분히 빠져나갈 수 있을 듯했다.

이제는 아내만 찾으면 된다. 분명 이곳 어딘가에 살아있을 것이다. 아니, 살아있어야만 한다.

나는 주먹을 꽉 쥐었다. 신음소리가 가까워지고 있었다. 마침내 모퉁이에서 고개를 내밀었을 때 처참한 광경에 할 말을 잃었다.

12층에서 보았던 것과 비슷한 광경이었다.

여기 저기 쓰러져 있는 사람들이 보였다.

보안 팀 요원들이었다. 목구멍에서 피를 콸콸 쏟아내는 자, 온몸이 무엇인가에 물어뜯긴 채 움찔거리는 자. 부츠를 신은 다리 한쪽과 영원히 분리된 채 엎드린 자. 그들이 사람이 아니라 안드로이드라는 점을 상기하면서 조금이라도 끔찍함을 덜어내고 싶었다.

그런데 그러고 보니 쓰러져 있는 건 죄다 요원들뿐이었다.

설마 요원들끼리 격전을 벌였을 리는 없었다. 그렇다면 적은 누구이며, 모두 어디로 사라진 걸까? 문득 싸늘한 공기가 콧속을 파고들었다. 그토록 그리워했던 바깥의 냄새가 났다.

고개를 들자 저만치 복도 끝의 문이 열려 있었다.

문 너머는 칠흑 같은 어둠이었다. 그러나 그건 지하실에서 보았던 꽉 막힌 어둠이 아니었다. 요원들을 처리한 누군가도 저리로 빠져나갔으리라.

여기서 나갈 수 있다…….

가슴이 세차게 뛰었다. 마음속 한구석에서, 영원히 나갈 수 없을 줄 알았다는 속삭임이 들렸다. 나는 출구를 향해 정신없이 내달렸다. 문턱에 엎드린 요원의 몸통이 끼어 있었다. 두 다리가 축 늘어져 있는 걸로 봐선 아마도 문밖으로 달아나려다 뜻을 이루지 못한 모양이었다.

입구에 다다라 문틈을 빠져나가려는 순간, 정신을 잃은 줄 알았던 요원이 몸을 뒤틀었다. 나는 휘청거리며 문짝을 붙들었다.

방독면을 쓴 그의 손에는 자동소총으로 보이는 총기가 들려 있었다. 발뒤꿈치로 요원의 손목을 사정없이 짓밟았다. 요원이 목 쉰 소리를 냈다. 이미 기운이 다 빠져버린 듯했다. 그의 굳어진 손가락을 억지로 비틀어 총기를 빼앗았다.

"무…… 문을…….'

나는 방아쇠를 당겼다. 진동과 함께 총알이 튀어나갔다. 요원의 머리에 커다란 구멍이 뚫렸고, 구멍에서 피가 분수처럼 솟구쳤다. 붉었지만 진짜 사람의 피와는 달리 비린내가 나지 않았다. 나는 얼굴에 튄 핏방울을 소매로 훔쳤다. 시설을 탈출할 때까지는 들고 다니는 편이 좋을 것이다. 나는 총을 그러쥐고 문턱을 넘었다.

나지막이 으르렁거리는 소리가 들렸다.

바깥은 캄캄했다. 외부 조명은 하나도 켜져 있지 않았다. 어쩌면 조명 자체가 없는 것인지도 몰랐다. 그 대신 달빛이 어렴풋하게 주변을 비추고 있었다. 나는 몇 초간 어둠에 눈이 익기를 기다렸다. 곧 모든 것이 끝나리라는 생각에 심장이 쿵쿵 뛰었다.

병원의 뒤뜰로 짐작되는 공간이 보이기 시작했다. 5, 6미터쯤 떨어진 곳에 어렴풋이 환자복을 입은 사람들이 서성거리고 있었다.

느낌이 이상했다.

수십 명은 족히 될 것 같은 숫자였다. 그동안 모두 어디에 있었던 걸까? 복제된 인간들인지 아니면 실험을 당하기 전의 인간들인지도 궁금했다. 어쨌거나 저들이 요원들을 이겨내고 탈출한 것만은 분명했다. 그러나 맨손과 맨발로 비틀거리는 뒷모습으로 봐서는 요원들을 어떻게 제압한 것인지 의아스러웠다.

나는 철책을 둘러보았다. 빽빽이 심어놓은 나무들의 키를 훌쩍 뛰어넘는, 5미터는 될 법한 높이의 철책이었다. 밤바람이 불어들자 나뭇가지에서 파도소리가 났다. 철책의 아래쪽에는 문이 달려 있었지만, 잠금 장치로 잠겨 있는 듯했다. 아마도 병원을 감싼 철책에 가로막혀서 더는 바깥으로 나아가지 못하는 듯했다. 총신으로 부숴버리는 게 가능할까?

걸음을 옮기는 순간 문 옆에 감시탑으로 짐작되는 임시 건물이 눈에 들어왔다. 마름모꼴의 철조망 사이로 불빛이 아스라이 반짝였다.

왠지 가슴이 설렜다. 저 불빛들 중에는 내가 묵었던 호텔이 발하는 불빛도 섞여 있지 않을까 하는 기대감 때문이었다. 한낮이었다면 주변 풍경을 더 확실하게 파악할 수 있었겠지만 지금은 그럴 수가 없다는 점이 못내 아쉬울 뿐이었다.

순간 철책의 위쪽에 매달린, 고압 전류가 흐르고 있다는 경고 문구가 눈에 들어왔다. 사람들이 저 문구를 보았을까?

"이봐요!"

고함을 지르며 뒤뜰을 가로질러 달렸다.

이상하게도 누구 하나 돌아보는 사람이 없었다. 무리들에게 합류하기 위해서인지 환자 하나가 술에 취한 것처럼 느릿느릿 그쪽으로 걸음을 옮기고 있었다. 그에게 말을 걸기 위해 다가갔다.

좀 더 가까이서 보니, 환자복이 엉망으로 찢겨져 있었다. 군데군데 뚫린 구멍으로 보아 총질을 당한 게 틀림없었다. 저게 총상을 의미하는 거라면 어떻게 피를 흘리지 않는 건지, 어떻게 멀쩡하게 걸어 다니고 있는지 이해할 수 없었다.

나는 서둘러 그의 어깨를 붙들었다.

"잠깐……."

그가 아주 느린 동작으로 고개를 돌렸다.

얼굴이 마주치자마자 나는 요원들이 제대로 방어를 하지 못한 이유를, 하나 남은 요원이 중앙 로비로 달아난 이유를 알아차렸다.

두 눈이 있어야 할 자리에는 텅 빈 구멍이 뚫려 있었다. 구멍에는 언젠가 해안가 동굴 앞에서 보았던 바로 그 어둠이 고여 있었다. 피부는 자줏빛으로 변색된 채 미라처럼 쪼그라져 있었다. 입가에는 요원의 것으로 짐작되는 피가 번들거렸다.

그는 남자도 여자도 아니었다.

살아있지도 죽어있지도 않았다.

사람인 것 같지도 않았다. 한때 사람이었을 것 같기는 했지만.

그가 괴상한 신음을 흘리면서 나에게로 팔을 뻗었다.

목을 조르려는 것 같았지만 자신이 무엇을 하려는 것인지 인식하고 있는 것 같진 않았다.

삭아버린 이빨 사이로 살덩어리가 흘러내리는 게 보였다.

그러자 앞쪽에 있던 다른 환자들이 약속이나 한 것처럼 나를 돌아보았다. 모두들 비슷한 상태에 빠져 있는 듯했다. 지하실에서 들었던 소리의 주인공이 바로 그들임을 알 수 있었다. 그들은 내 쪽을 바라보며 으르렁거렸다. 먹잇감을 발견한 포식자들처럼.

12

서둘러 뒷걸음쳐서 뒤로 물러났다.

다른 문을 찾아내야 했다.

그러나 철책을 따라 달려가려는 순간, 상황은 더 끔찍해졌다. 뒤뜰을 가득 메운 어둠이 꿈틀거리더니 다른 환자들이 그 어둠 속에서 기어 나온 것이다.

머리가 멍해졌다.

철책 아래 우글대는 환자들까지 포함하면 백여 명은 족히 될 것 같았다. 그들은 하나같이 얼굴을 알아보기 힘들었다. 몸에 물기라고는 남아 있지 않은 듯 바싹 말라 있었는데 몇 십 년에 걸쳐 진행되어야 할 노화가 단 몇 초 만에 진행된 것 같은 느낌이었다. 키와 체격이 달랐으므로 각각 다른 사람들이라는 사실이 겨우 짐작될 뿐이었다.

도대체 무슨 짓을 당했기에 저 꼴이 되어버린 걸까.

그들에게 묻고 싶었지만 대답을 해줄 리 없었다. 내 짐작대로 의식이 없는 그들에게 일어나는 부작용이 저들을 괴물로 만든 것일까. 그동안 무고한 사람들이 얼마나 희생되었는지 가늠하기 어려웠다. 눈앞이 캄캄했다. 아내가 혹시라도 저 속에 섞여 있지는 않을지 불안했다. 설령 그렇다 하더라도 아내의 얼굴을 알아볼 수는 없을 것이다.

환자들이 내 쪽으로 몰려오기 시작했다. 지금으로서는 절망도 시간 낭비에 불과했다. 그들의 비어 있는 눈은 도대체 뭘 보고 있는 것일까. 뒤를 돌자 출입문이 어서 돌아오라는 듯 환하게 빛나고 있었다.

도저히 그러고 싶진 않았지만 병원 안으로 들어가는 것 외에 다른 길은 없었다.

나는 달리기 시작했다. 근육에서 폭발적인 힘이 솟구쳤다. 저들이 나를 따라 몰려들기 시작했다. 동작이 굼뜨기는 했지만 달려드는 숫자가 너무 많았다.

허기에 찬 신음소리가 사방에서 귓가를 파고들었다.

산 채로 물어뜯기는 내 모습이 머릿속에 저절로 펼쳐졌다. 요원들이야 얼마든지 몸을 복구하고 재생될 수 있을지도 몰랐지만, 나는 아니다. 아니, 의사의 말이 맞다면 내 몸도 충분히 복구될 수 있었다. 놈들에게 산 채로 물어뜯기더라도. 내가 죽지만 않는다면. 아니, 죽었어도 되살릴 수 있을지도 모르지…….

또다시 발밑이 아득해졌다. 잠기운이 몰려드는 듯했다. 나는 정신을 집중하려고 애썼다. 지금은 앞만 보고 달려야 한다.

놈들의 손길이 사방에서 몰려들었다.

옷자락을 붙드는 손길을 향해 총신을 휘둘렀다. 그러면서도 저들을 분간하듯이 일일이 살펴야 했다. 인정하고 싶지 않았지만, 혹시라도 아내가 그 속에 섞여 있을지도 모른다는 일말의 불안감 때문이었다.

급박한 와중에도 한 가지 이상한 점을 알아차릴 수 있었다.

수십 명에 달하는 환자들 중에서, 온몸이 가루가 되어 부스러지는 환자들이 눈에 띄었다.

산화작용이 단 몇 초 만에 진행된 듯했지만 불꽃이나 연기가 일어나지는 않았다. 짐작컨대 시간이 지날수록 몸이 점점 퍼석퍼석하게 변해서 더 이상 견디지 못하고 스스로 무너져 내리는 듯했다. 그러나 정확한 원인이 무엇인지, 그게 모든 환자에게 공통적으로 적용되는 현상인지는 알 수 없는 일이었다.

마침내 나는 출구의 문 앞까지 다다랐다. 숨이 턱까지 차올랐다. 그러나 안심하며 문을 붙드는 순간 왼쪽 어깨가 떨어져 나갈 것 같은 고통이 느껴졌다.

누군가가 내게 이빨을 박아 넣었다는 걸 깨달았다. 어깨를 비틀자 그것이 고개를 쳐들었다.

나는 비명을 지르며 개머리판으로 얼굴을 갈겼다.

퍽 하는 소리와 함께 먼지가 일어나며 어깨가 가벼워졌다. 그러나 그것은 금방 다시 달려들었고, 정신을 차릴 틈도 없이 다른 놈들도 함께 덤벼들기 시작했다. 이대로라면 문 안으로 들어가기도 전에 내 몸이 갈기갈기 뜯겨나갈 것만 같았다.

놈들을 향해 방아쇠를 당겼다. 진동과 함께 탄환이 뻗어나갔다. 앞서 덤비던 놈들부터 와르르 무너졌고, 뒤의 놈들은 가로막혀 방향을 잡지 못하고 제자리를 맴돌았다. 어깨의 상처가 욱신거렸다.

나는 출구로 들어서서 문손잡이부터 붙들었다. 요원의 시체 때문에 문을 닫을 수 없었다.

놈들은 끈질기게 이리로 다가오고 있었다.

제발.

힘주어 밀어내자 요원의 시체가 몇 센티미터 더 바깥으로 밀려나갔다.

부츠의 고리가 문턱에 걸렸다.

제발.

나는 이를 악물었다. 두 팔로 기어오는 놈들도 있었다. 꿈틀거리는 손가락은 벌써 요원의 상체를 지나 내게로 향하고 있었다. 정확한 방향으로 기어오는 걸 보면 눈이 아니라 다른 감각기관으로 위치를 파악하는 것 같았다. 나는 사력을 다해 요원의 부츠를 바깥으로 밀쳤다. 고리가 떨어져 나가면서 시체도 함께 확 떠밀려나갔다.

나는 재빨리 문을 당겼다. 문틈으로 누구의 것인지 모를 손가락 몇 개가 기어 들어오고 있었다. 손이 떨려서인지 제대로 잠기지가 않았다. 한 번 더 문을 당겼을 때 손가락이 퍼석거리며 부스러지는 소리가 들렸다.

여전히 문은 아귀가 맞지 않았다. 자세히 보니 잠금장치가 튀어나온 채로 고정돼 있었다. 손으로 밀어도 꼼짝하지 않는 것이 망가진 모양이었다. 문틈을 파고드는 손가락의 숫자가 다시 늘었다.

두 다리를 지렛대 삼아서 등으로 문짝을 단단히 떠받쳤다. 손가락을 향해 총구를 겨눴다. 다시 한 번 탄환을 쏘자 손가락은 그을린 도자기처럼 부서졌다. 문짝에서 느껴지는 압박감은 줄어들었지만 더 이상 장전을 할 수 없었다. 탄창이 비어버린 듯했다. 다시금 문짝이 덜컹거리기 시작했다.

나는 눈을 감고 심호흡을 했다. 얼마나 버틸 수 있을까. 몇 분 정도는 괜찮겠지만 놈들이 한꺼번에 몰려든다면 그마저도 불가능할 것이다. 혹시라도 감염을 일으킬지 모르는 어깨의 상처도 문제였지만, 무엇보다 기면증 증세가 더욱 두려웠다. 이미 경험한 몇 차례의 기절과 환각은 의지만으로 제어하기 힘들었다. 목적지를 확실히 정한 뒤에 문이 뚫릴 것을 각오하고 그리로 무조건 내달리는 수밖에 없을 듯했다. 요원들이 간과할 만한 장소이면서도 환자들로부터 격리된 장소여야 했다.

'이번이 마지막 기회야. 깨어나면 꼭 지하로 돌아와야 돼, 꼭……'

문득 남자의 말이 귓가에 되살아났다.

지하라는 단어에서 자연스레 뇌 단면도가 있던 실험실이 연상되었다. 그곳에는 몸을 누일 수 있는 침대와 간단한 의료 기구가 있었다. 일단 응급 처치를 하고 몸을 숨길 수 있을 것이다.

게다가 실험실은 행방이 묘연해진 남자가 관리하던 곳이었다. 운이 좋다면 다시 만나 도움을 받을 수 있을지도 몰랐다. 중앙 로비로 가면 분명히 지하층으로 내려가는 비상출입구가 있을 것이다.

나는 탄창이 비어버린 총을 집어던졌다. 다른 총을 살폈지만 사정은 마찬가지였다. 탄창이 죄다 비어 있었다. 설마 여기 쓰러져 있는 모든 요원들의 탄창이 다 닳을 때까지 한 사람의 적도 쓰러뜨리지 못했다는 의미일까. 쓸 만한 무기라고는 전기 충격기 밖엔 보이지 않았다.

그때 어딘가에서 지직거리는 잡음 같은 것이 들리더니 또렷한 목소리가 흘러나왔다.

"모든 팀 비상. 출입구 폐쇄하고 가스 살포합니다. 보안 팀 생존자는 엘리베이터를 통해 지상층 서쪽 출입구로 집결하세요. 반복합니다. 보안 팀 생존자는……."

보안 팀 전체에게 알리는 경고인 듯했다. 더 이상 저것들을 감당하기 어렵다고 판단한 모양이었다. 그게 신호라도 되는 듯 복도에 붉은 경고등이 켜졌다. 동시에 바닥과 천정에서 희뿌연 가스가 새어 나오기 시작했다. 등 뒤에서 문의 잠금장치가 자동으로 철컥 맞물리며 잠기는 소리가 났다.

문이 잠기는 순간, 안도의 한숨이 나왔다. 다시 건물에 갇혀버렸는데도 다행스러웠다.

으르렁대는 소리와 함께 쿵쿵 문을 두들기는 진동이 느껴졌지만, 이제 바깥의 환자들은 염려하지 않아도 될 듯했다. 그러나 몇 발짝 가지도 못하고 나는 휘청거렸다.

밀려드는 가스가 너무 매웠다. 미친 듯이 기침을 해대며 손바닥으로 코를 틀어막았다. 아까 수술실에서 맡았던 마취가스와 비슷한 느낌이었다. 눈을 제대로 뜰 수도 없을 지경이었다. 주위를 둘러보자 어느 틈엔가 발목까지 연기가 차올랐다. 간헐적으로 꿈틀거리던 요원들마저 이제는 미동도 하지 않았다.

나는 연기 속을 더듬거렸다. 근처의 요원이 쓰고 있던 방독면을 벗겨냈다. 요원의 맨 얼굴이 훤히 드러났다. 타원형의 살덩어리. 악몽에서 보았던 그 얼굴처럼 눈, 코, 입이 없었다. 떨리는 손을 간신히 가누며 방독면을 뒤집어썼다.

"산소 공급을 시작합니다."

안내 음성이 귓가로 흘러나오면서 눈앞이 환해졌다. 전면 스크린에 산소 수치와 활동 예상 시간이 표시되어 있었다.

산소를 들이키면서 잠시 기다리자 마음이 진정되기 시작했다. 앞으로 두 시간 정도는 견딜 수 있을 듯했다. 하지만 그 뒤에는 어떻게 해야 할지 막막했다. 어쨌든 시설에 계속 머무를 수는 없으니 지상으로 나가야 할 터였다. 문득 발길을 돌리려는 데 쓸 만한 생각이 떠올랐다.

나는 얼굴이 없는 요원에게로 다시 다가가 피로 물든 유니폼을 벗겨냈다. 그에게는 손톱도 발톱도 없었다. 만들다 만 사람처럼 보이는 점이 무엇보다 끔찍했다. 유니폼과 방독면, 장갑과 부츠는 그런 이질감을 피하기 위해 고안된 방법일 터였다.

환자복 위에 유니폼을 겹쳐 입었다. 왼쪽 어깨를 움직일 때마다 물린 자국에서 아릿한 통증이 느껴졌다. 상처를 자세히 살펴보고 싶었지만 안전한 장소로 이동할 때까지는 견뎌내는 게 나았다.

겨우 유니폼의 지퍼를 올리자 착용이 완료되었다는 안내 음성이 들렸다. 온도와 습도까지 자동으로 조절되는 기능을 갖추고 있었다. 장갑과 부츠까지 신고 나자 이 안에 누가 들어 있는지 알아내기 어려워 보였다. 앞으로 나와 마주칠 누구라도 그렇게 구분할 수 없어야 했다.

나는 연기로 가득한 복도를 헤쳐 나가기 시작했다.

머지않아 방금 전까지 의사와 대치했던 그 수술실이 보였다. 닫아두었던 문이 열려 있었다. 시간이 없었지만 문이 열린 이유를 확인해야 했다. 나는 수술실 안으로 들어갔다.

복도에서 새어 들어온 소독 연기 때문에 바닥이 잘 보이지 않았다. 쓰러져 있어야 할 의사가 보이지 않았다. 남아있는 건 내 복제인간뿐이었다. 가슴이 철렁 내려앉았다. 그가 시설을 포기하고 영영 달아난 것은 아닐까. 물론 그러기 위해선 그만이 알고 있는 탈출구가 있어야겠지만……

요원들이 발견하지 못할 장소에다 그를 가뒀어야 했다. 최소한 몸을 묶어서 달아나지 못하게 했어야 했다. 막연하게 그가 한동안 기절해 있으리라 믿었던 스스로가 한심했다. 정말로 의사가 달아나는 데 성공한다면 단죄조차 할 수 없을 것이다. 그런 결말은 생각조차 하기 싫었지만 이런 상황에서 의사를 찾아다닐 수는 없는 노릇이었다. 나는 주먹을 꽉 쥐고 수술실을 억지로 빠져나왔다.

복도는 희뿌연 연기로 뒤덮여서 발을 내딛는 것조차 어려웠다. 하지만 복도가 끝나는 지점까지 달려 나갔다. 복도가 끊긴 자리에서부터 중앙 로비가 시작되었다. 탁 트인 공간은 지금까지와는 전혀 다른 세상이었다.

가장 먼저 중앙의 분수대에서 번득이는 무한대 기호가 눈길을 사로잡았다.

정성스레 손질된 크고 작은 나무들이 중앙의 분수대를 에워싸고 있었다. 아이비로 짐작되는 덩굴식물은 벽면과 나선형 계단을 휘감고 있었다. 투명한 수로를 따라 깨끗한 물이 흘렀고, 처음 보는 종류의 아름다운 꽃이 흐드러져 있었다.

분수대를 기준으로 왼편에는 엘리베이터와 비상출입구가 나란히 자리하고 있었다. 오른편에는 높이가 2미터는 족히 될 것 같은 거대한 문이 자리하고 있었다. 연구소의 정문인 듯했다.

정문을 한참 지나쳐서 분수대 맞은편으로는 어디로 통하는지 모를 통로가 시작되고 있었다. 통로는 조명이 모두 꺼져 있었다.

띄엄띄엄 놓인 벤치가 몇 개 보였고, 벽면에는 나선형 계단이 휘어진 채 돔형 지붕의 바로 아래까지 이어져 있었다.

요원이나 의사, 환자는 어디에도 없었다.

로비가 워낙 넓어서 가스가 여기까지 침투하려면 한참 시간이 걸릴 것 같았다.

눈길이 분수 한가운데 기둥에서 멈췄다.

기둥으로부터 30센티미터 정도 떨어진 허공에서 뭔가가 회전하고 있었다. 어디선가 본 적이 있는 물건이었다.

나는 천천히 분수대 쪽으로 다가갔다.

익숙한 피아노 선율이 흐르고 있었는데, 무슨 음악인지 생각이 날 듯 말 듯했다. 기둥 앞에 다다르자 발걸음이 느려졌다. 몇 발짝 더 다가가며 내가 본 것이 맞는지 정확한지 확인하려고 눈을 끔벅거렸다.

실험실에서 보았던 유리 동전이었다.

수십 배는 확대 제작된 모양의, 그 동전이 틀림없었다.

동그란 은회색 플래터가 한가운데 박혀 있었고, 은회색 가장자리로 마감이 돼 있었다. 혹시나 하는 마음에 환자복을 뒤적였지만 더 이상 동전은 내 수중에 없었다.

동전을 떠 받들고 있는 기둥 아랫부분에는 다음과 같은 문구가 새겨져 있었다.

[Birth after Death]

동전은 끊임없이 돌고 돌았다. 동전을 둘러싸고 작은 인형들이 그 모습을 지켜보고 있었다. 갓난아이와 노인, 여자와 남자, 개와 고양이, 현존하는 건지 상상의 동물인지 모를 기이하고 독특하게 생긴 생물들까지 지구상의 모든 생물들을 인형으로 만들어버린 듯했다. 그들은 천국에 있는 것 같은 표정을 짓고 있었다.

병원에서 벌인 실험의 목적이 무엇인지, 이제는 거의 알 수 있었다. 사람의 신체와 의식을 복제해, 죽음 이후에도 삶을 이어갈 수 있도록 하는 것.

그들은 그것이 초래할 부수적인 현상 같은 건 감수할 만한 가치가 있다고 믿었을 것이다. 그러나 그게 내 자신의, 내 가족의 문제가 되어버린 지금 그런 것들은 혐오감을 불러일으킬 뿐이었다.

나는 조형물 옆의 스크린을 흘긋 바라보았다. 빽빽한 글자로 뒤덮인 설명문이 스크롤 되고 있었지만 그걸 읽을 만한 시간은 없었다. 잠시 망설이다가 나는 정문을 향해 달려갔다.

계속되는 피아노의 선율이, 바흐의 평균율 중 한 곡임을 깨달았다. 그것은 아내가 즐겨듣던 음악이었다.

정문 옆에 스크린이 달려 있었지만 문을 여는 것이 목적은 아니었다. 오히려 열리지 않는다는 것을 확인하고 싶었다. 다행히 잠금장치와 문은 튼튼했다. 물리적인 힘만으로는 결코 열리지 않을 듯했다.

문 밖으로 어둠 속을 서성거리는 환자들의 모습이 그려졌다. 아마도 시설 전체를 에워싼 것 같았다. 저들에게 잡힐 뻔했다고 생각하자 저절로 소름이 끼쳤다. 저 무리를 뚫고 시설을 나가는 것은 불가능한 일일 듯했다. 갑자기 시설의 위치가 상기되면서 철조망 너머의 불빛들이 떠올랐다.

고압 전류가 흐르는 철책이 아니었다면, 저들은 벌써 밖으로 쏟아져 나가 사방으로 흩어졌을 것이다. 그랬다면 영문도 모르는 사람들이 희생되었을지도 모른다. 그리고 여기는 섬이 아닌지도 몰랐다……

문득 의문이 들었다. 여기가 섬이 아니라면, 왜 굳이 섬에서 사람들을 납치한 뒤 육지의 시설로 옮기는 수고를 감당해야 했을까. 또한 애당초 섬에 놀러온 여행객들이 이 정도로 많았을지, 이렇게 많은 숫자가 실종될 때까지 아무에게도 발각되지 않았던 것인지도 의문스러웠다.

납치된 사람들뿐만 아니라 자발적으로 실험에 참여한 사람들도 없지는 않았으리란 짐작이 들었다. 아직도 나에게 주어지지 않은 퍼즐 조각이 너무 많았다.

갑자기 목덜미가 싸늘해졌다.

멀지 않은 곳에서 으르렁거리는 소리가 들려오고 있었다.

본능적으로 뒤로 돌자 어디서 나타난 것인지 모를 환자가 보였다. 오싹함이 온몸을 뒤흔들었다. 그는 로비에 우뚝 선 채로 나를 바라보고 있었다.

아니, 바라본다는 것은 착각에 불과했다. 그러나 제대로 된 눈이 달려 있었다면 시선이 마주쳤을 것이다. 다행히 환자는 하나밖에 보이지 않았다. 총을 맞은 흔적이 전혀 없는 걸로 봐서는 아까 그들과는 다른 것 같았다.

환한 조명 아래 드러난 몰골이 너무도 흉측했다. 어두컴컴한 바깥에서 대면했던 것과는 또 다른 맥락에서 공포감이 밀려들었다.

검게 타버린 듯한 피부.

몇 가닥 남지 않은 머리카락.

그와는 대조적으로 환자복은 너무도 깨끗한 새것이었다.

환자가 내게로 걸어오기 시작했다.

손아귀에 땀이 고였다. 전기 충격기로 제압하는 게 가능할까? 그러기는 어려울 것 같았다. 요원들이 총을 내갈겨도 죽지 않는 괴물들이니까.

그가 걸음을 내딛을 때마다 나무토막이 덜걱거리는 소리가 났다. 살아있는 사람으로는 절대로 보이지 않았지만 죽었다고 보기도 힘들었다. 어쨌든 움직이고 있었다.

3미터쯤 떨어진 자리에 비상출입구가 보였다. 비상계단을 이용하면 충분히 따돌릴 수 있을 듯했다. 나는 자세를 낮추어 조심히 출입구 쪽으로 걸어갔다. 그러나 내 바람과는 달리 발소리가 가까워지고 있었다.

저 환자의 머릿속에는 정말 아무런 의식도 없는 것일까. 그렇다면 그는 무슨 힘으로 움직이고 있는 것일까. 문득 여태 나처럼 의식을 가진 환자를 하나도 만나지 못했다는 생각이 들었다. 존재하는데도 그저 만나지 못한 것에 불과할까, 아니면 다른 이유가 있을까?

비상출입구 앞에 다다랐을 때 갑자기 으르렁거리던 소리가 멈췄다.

이제까지 나를 따라오던 환자는 로비에 우뚝 선 채로 다른 쪽을 바라보고 있었다. 아니, 바라본다는 것은 착각이었다. 눈이란 게 없었으니까. 그의 시선을 따라가자 심장이 발밑으로 뚝 떨어지는 것 같았다. 방독면을 쓰고 총을 든 네 명의 요원이 어느 틈엔가 로비에 진입해 있었다.

"3팀인가? 용케 남아 있었군."

선두에 있던 요원이 정확히 내 쪽을 바라보고 있었다. 그가 리더인 듯했다.

"수리실로 옮겨야겠는데. 거기서 기다려."

움직이고 싶어도 몸이 움직여지지 않았다. 도망쳤다간 의심을 살 게 뻔했다. 내가 입은 유니폼이 갈가리 찢겨져 피로 물들어 있다는 걸 그제야 깨달았다.

계단 위쪽에서도 인기척이 났다. 고개를 들자 나선형 계단의 난간을 내려다보는 두 명의 요원이 보였다. 시설 전체를 일일이 수색하면서 돌아다니는 환자들을 포획하는 중인 듯했다. 입안이 바싹 말라왔다.

그때 환자가 나무 사이로 다시 모습을 드러냈다. 요원들이 동시에 그쪽을 바라보았다.

"사격 준비!"

리더가 손목에 대고 나지막이 중얼거렸다. 적어도 리더만큼은 사람인 듯했지만 추측에 불과했다. 놀랍게도 환자가, 정확히 리더가 서 있는 방향으로 몸을 틀었다. 마치 좀비처럼 소리로 상대의 위치를 파악하는 모양이었다.

나머지 요원들이 조준경을 들여다보며 환자를 겨냥했다. 아내를 마취시킬 때 사용했던 그 총이었다. 사격 신호가 떨어지자 순식간에 환자의 몸에 여러 개의 바늘이 박혔다.

환자는 정지 버튼을 누른 것처럼 잠시 그 자리에 멈췄다. 어느 쪽의 소리가 가장 가까운지 가늠하려는 듯 고개를 두리번거렸다. 요원들이 서 있는 각각의 위치를 향해 정확하게 고개를 돌리는 모습에 몸서리가 쳐졌다.

그러나 그의 움직임은 오래가지 않았다. 몇 초 지나지 않아서 줄이 끊어진 인형처럼 풀썩 쓰러졌다.

요원들이 달려가서 그를 에워쌌다. 나는 눈앞의 비상출입구를 바라보았다. 두 발짝만 더 가면 되었다. 저들이 나에게 주의를 돌리지 않기를 바라며 겨우 발걸음을 뗐다. 그러나 안으로 막 들어서려는 순간 리더의 목소리가 날아들었다.

"어딜 가는 거야?"

뒤를 돌아볼 순 없었다. 그대로 홀로그램 도어를 통과했다. 짙은 어둠이 몰려들었다.

나는 그 자리에 서서 숨을 죽인 채 리더의 목소리에 귀를 기울였다. 아래쪽 계단으로 곧장 달아난다면 요원들이 따라붙을까. 나는 입술을 깨물었다.

"데려올까요?"

"이상한데. 위치가 안 잡히잖아."

방독면 안쪽의 스크린 덕분에 어둠 속에서도 선명하게 사물을 볼 수 있었다.

"데려와. 나머지는 수색 계속해."

리더가 지시를 내렸다.

요원이 홀로그램 도어로 점점 가까이 다가오고 있었다.

나는 전기충격기의 스위치를 누를 준비를 했다. 이대로 다시 그들에게 끌려갈 수는 없었다. 요원이 들어오자마자 그의 발을 걸어 넘어뜨렸다.

그는 바닥에 쓰러질 듯 비틀거렸지만 넘어지지 않고 곧바로 나를 바라보았다.

요원이 팔을 뻗어 내 손에 들린 전기충격기를 떨어뜨릴 작정인 듯했지만 나는 그의 동선을 알아차렸고, 몸을 낮추어 공격을 피했다. 그러나 3초도 지나지 않아 뭔가가 턱을 호되게 갈겼다.

고개가 홱 돌아가면서 발밑이 가벼워졌다. 층계참으로 짐작되는 어딘가에 몸이 콱 처박혔다. 하지만 아직 전기충격기가 내 손 안에 있었다. 다음번의 일격이 시작되기 전에 본능이 몸을 벌떡 일으켜 세웠다.

철컥거리며 요원이 총을 들어 올리고 있었다.

두 다리가 반사적으로 튀어 올랐다. 나는 총구를 다른 쪽으로 밀치면서 요원의 얼굴을 발로 걷어찼다.

유리가 부서지는 것 같은 소리와 함께 총구에서 불이 뿜어져 나왔다. 층계참이 잠시 환해졌다. 곧이어 둔탁한 소리가 계단을 텅, 하고 울렸다.

고개를 들자 반쯤 박살난 요원의 방독면 사이로 맨 얼굴이 드러나 보였다. 이목구비가 없는, 소름끼치도록 밋밋한 얼굴.

요원은 벽에 기대어 몸을 일으키려 하고 있었다.

나는 그의 얼굴을 향해 곧장 전기충격기를 들이밀었다. 살갗을 뚫고 들어갈 정도로 깊숙이.

파지직거리는 소리와 함께 요원이 길게 비명을 질렀다. 사람과 똑같은 반응 때문에 마음이 흔들렸지만 충격기가 닿은 부분에서 나는 냄새는 분명 합성 고무의 탄내였다.

요원의 몸이 나를 덮치듯이 앞으로 무너졌다.

잊고 있던 어깨의 통증이 밀려들었다. 하마터면 신음소리가 흘러나올 뻔했다. 나는 이를 악물고 요원의 상체를 붙들었다. 이미 정신을 잃은 듯했지만 피부가 움찔거리고 있었다.

조심스레 요원의 몸을 바닥에 누이는 동안 거칠어진 호흡을 억지로 내리 눌렀다.

총소리를 들었을까?

만일 그랬다면 내가 요원이 아니라는 사실이 금방 드러나고 말 것이다.

로비 저편에서 여러 개의 발소리가 엇갈리고 있었다. 요원들이 한꺼번에 여기로 달려온다면 잡힐 수밖에는 없을 터였다. 그 순간 계단 위쪽에서 또 다른 총성이 들렸다. 누군가의 비명소리가 그 위에 겹쳐졌다. 다른 환자들이 나타난 것 같았다.

바닥에 널브러진 요원의 총에는 다행히도 탄창이 가득 채워져 있었다. 남은 길은 단 하나였다. 나는 총을 집어 들고 비상계단을 따라 지하로 내려갔다.

13

어디선가 희미하게 경보음이 들렸다.

이제는 시설 전체가 비상 상태로 돌입한 듯했다. 병실이 있는 층의 비상출입구에는 홀로그램 도어가 사라지고 그 대신 셔터가 내려져 있었다. 통로를 모두 차단한 채 가스는 계속 살포되고 있었다. 환자들을 모조리 마비시키려는 모양이었다.

요원들의 마취 총, 병동 내의 가스 살포로 미루어 짐작하건대 병원에서는 이상 증세를 보이는 환자들이 죽지는 않지만 마비는 된다는 것을 잘 알고 있는 듯했다.

정신없이 계단을 내려 오다보니 어느새 13층이었다. 어디선가 축축한 기운이 느껴졌다. 나는 숨을 몰아쉬면서 층계의 마지막 계단을 내려섰다. 눈앞에는 처음 보는 낯선 통로가 뚫려 있었다.

나는 조심스레 통로를 따라 안으로 진입했다.

언제부턴가 걸음을 옮길 때마다 발밑에서 철벅거리는 소리가 들렸다. 바닥이 물기로 흥건해져 있었다. 천장에서 물방울이 떨어져 내리는 게 보였다. 물이 미세하게 새고 있는 것 같았다. 어딘지는 알 수 없었지만 물은 느릿느릿 차오르고 있었다.

'만일 여기가 완전히 침수되면 어떨 것 같아?'

문득 남자가 했던 말이 머리를 스쳤다. 설마 남자가 벌인 짓일까? 이곳이 지하시설임을 감안한다면 침수가 일어나기 전에 지상으로 올라가야 한다는 소리였다. 비상출입구가 폐쇄되어 있으므로 물이 차오르는 속도는 더욱 빨라질 터였다.

지상으로 올라가야 할지 망설이는 동안에도 걸음은 멈추지 않았다. 일 분도 지나지 않아 원형의 공간이 드러났다.

통로의 끝은 유리문으로 막혀 있었다.

다가가서 스크린에 손을 갖다 대자 스르르 문이 열렸다.

이곳에도 역시 물이 흥건하게 고이고 있었다.

지상 층 중앙 로비와 비슷한 구조였지만 텅 비어 있는 덕분에 훨씬 넓게 보였다.

소란스러웠던 지상 층과는 달리 모든 것이 조용했다. 처음 병실을 나섰을 때와 같은, 무서운 적막만 감돌았다.

통로는 없고 벽면에는 무한대 기호가 새겨진 하나의 문만 있었다. 내부를 살펴보는 게 좋을 듯했다. 문을 열면 보관실로 곧장 연결되거나 대피 통로 같은 것이 나와주길 바랐다.

동그란 창문이 달린 문의 모습이 낯익었다. 곧 실험실 내부에서 보았던 것과 같은 문임을 깨달았다. 하지만 문에는 잠금장치도, 손잡이도 없었다. 이대로 돌아갈 순 없었다. 나는 가장 가까이 있는 문으로 다가갔다. 문을 열 다른 방법을 찾아야 했다. 문틈으로 총을 쏴

서 틈을 벌리는 것도 방법일 터였다.

곧장 방아쇠에 손가락을 걸어 쏘려다가, 문득 뭔가가 머릿속에 떠올랐다. 나는 문 앞으로 다가가 멈춰 섰다.

"인증을 시작합니다. 움직이지 마십시오."

예상대로 붉은 홀로그램 장막이 펼쳐지면서 이전과 똑같은 인증 절차가 진행되었다. 일 분도 지나지 않아 인증이 끝났다. 분명 보안 장치임에도 불구하고 내가 인증되는 이유를 이해하기 힘들었지만 어쨌든 다행한 일이었다. 나는 열린 문 안으로 들어섰다.

내부 조명이 환하게 켜지면서, 한 사람이 겨우 들어갈 수 있는 크기의 클린룸이 드러났다. 몇 발짝 안쪽에는 내부로 통하는 문이 하나 더 있었다.

벽면과 바닥에 노즐이 튀어나와 있었다. 차곡차곡 정리해놓은 방진복이 보였다.

내부의 문에는 격자무늬 창살이 달려 있었다. 그리로 다가가는 동안 사방에서 달칵 하는 금속음이 들렸다. 그와 동시에 노즐에서 투명한 가스가 맹렬한 속도로 뿜어져 나오기 시작했다. 소독 절차인 듯했다.

나는 뒤를 돌았다.

출입문을 힘껏 밀었지만 문은 잠긴 후였다. 내부의 문도 마찬가지로 잠겨 있었다. 가스 새어 나오는 소리가 귓가를 시끄럽게 파고들었다. 소독 절차가 맞다면 그냥 끝나기를 기다리는 게 나을 터였다. 염려스러운 건 내부에서 누군가가 내 침입을 눈치챌지도 모른다는 점이었다.

방독면 내부 스크린을 통해 산소 공급이 한 시간 남아 있다는 걸 알 수 있었다. 그 전에 아내와 남자를 찾아내 시설을 나갈 수 있을까.

달칵, 하는 소리와 함께 내부의 문이 열렸다.

문틈에 귀를 갖다 댔다. 몇 초 동안 기다렸지만 기계의 웅웅거리는 소리 외에는 아무것도 들리지 않았다.

자세를 낮추고 안으로 들어섰다. 천장에 거의 닿을 정도의 높이를 가진 기계들이 앞을 가로막고 있었다.

들어서서 문을 꽉 닫자 기계음이 보다 뚜렷해졌다. 바쁘게 뭔가를 제작하는 듯한, 윙윙거리는 기계음이 안쪽으로부터 들려오고 있었다.

물이 차오르기 시작한 금속 바닥을 내려다보던 나는 깜짝 놀랐다. 피투성이 유니폼 차림의 사내가 총을 들고 있었다. 바닥이 거울처럼 내 모습을 반사하고 있다는 것을 깨닫고 나서야 긴 한숨이 새어 나왔다.

계단을 몇 개 내려가야 했다. 짧은 복도의 끝에 다다르자 여기가 바로 제조 공간이라는 걸 알아차렸다. 여섯 개의 생산 라인이 나란히 늘어서 있었다.

천장과 바닥에 각각 고정된 제조용 로봇 팔들은 맨 안쪽 라인에 있었고, 쉴 새 없이 움직이는 걸로 봐선 제조 작업이 바깥의 소란과는 무관하게 한창인 것 같았다. 생산 라인은 자동화된 것으로 보였고, 기계를 관리하는 요원들은 눈에 띄지 않았다.

완전히 안쪽까지 들어가야만 전체 구조를 파악할 수 있을 것 같았다.

나는 걷는 속도를 높였다. 새로운 라인에 진입할 때마다 총구를 겨누었다. 마치 내가 누군가를 추적하는 입장이 된 것 같은 기분이었다.

버튼과 조명이 빼곡하게 붙은 컨트롤러.

환하게 켜진 모니터.

회색 탱크들.

탱크는 모두 네 개였고 각각 붉은 밸브가 달려 있었다. 탱크 위쪽으로부터 천장까지 이어지는 금속 파이프가 보였다. 아래쪽에는 거대한 고무호스가 바닥으로 사라지고 있었다. 물 빠짐이 잘 되도록 통로의 바닥은 배수판으로 뒤덮여 있었다.

가장 안쪽 라인에 도달하자 탁 트인 공간이 나타났다.

방향을 트는 순간 숨이 멎는 듯했다.

누군가가 있었다.

저만치 로봇 팔들이 움직여대는 작업대 앞에, 흰색 가운을 입은 자가 뒷모습을 보인 채 일하고 있었다. 방독면을 쓰고 있었지만 요원은 아닌 듯했다. 어쩌면 지금까지 나를 도와주었던 실험실의 남자일지도 몰랐다.

나는 그러기를 바라면서 총기를 움켜쥐고 발소리를 죽인 채 그를 향해 다가갔다. 그는 작업에 몰두하느라 아무것도 눈치채지 못한 듯했다.

그 라인에서 만들어지고 있는 것은…… 사람이었다.

작업대 내부에는 인체의 윤곽이 홀로그램으로 투영돼 있었고, 크고 작은 뼛조각들이 그 윤곽을 따라 배열돼 있었다. 로봇 팔의 한끝에서 흘러나온 근육은 뼈를 천천히 뒤덮는 중이었다.

다른 로봇 팔에서는 핏줄로 보이는 투명한 선이 거미줄처럼 뻗쳐

나가고 있었다. 제작되고 있는 사람의 얼굴을 보는 순간 나는 불에 덴 것처럼 움츠러들었다.

그건 나였다.

스크린 속 설계도에 떠오른 사람도, 설계도에 따라 실제 제작되고 있는 사람도, 모두 나였다.

팔과 다리.

머리와 배.

뱃속을 가득 채운 각종 장기들.

저게 내 몸을 이루고 있는 것들이라고 생각하자 오싹했다. 이미 복제인간과 한 차례 맞닥뜨린 적이 있었지만 그래도 실제로 만들어지는 과정을 보는 건 또 다른 문제였다.

입안이 바싹 말랐다. 제품은 너무도 정교해서 제조 과정을 지켜보지 않았더라면 기계로 찍어낸 것이 아니라 진짜 사람의 일부라고 속아 넘어갈 것만 같았다. 스크린 속에서 복잡하게 그어진 포물선이 살아있는 것처럼 번득였다.

그때 작업 중이던 자가 느닷없이 뒤를 돌았다. 예상치 못했던 동작에 내 온몸이 그대로 굳어졌다. 그 역시 내 존재를 미처 몰랐다는 듯 정지 화면이라도 된 것처럼 움직이지 않고 서 있었다. 몇 초간 우리는 서로의 얼굴을 마주하고 서 있었다.

마침내 그가 결심한 듯 천천히 방독면을 벗었다.

수술실에서 도망친 의사였다.

놀라운 건 그게 아니었다. 늙은 의사의 얼굴을 찬찬히 살피는 동안 낯익은 얼굴 하나가 떠올라 그 위로 겹쳐졌다. 나는 단번에 그 얼굴을 알아보았다. 입술이 덜덜 떨렸다. 발밑이 사라지고 어둠 속으로 몸이 푹 꺼지는 듯했다.

놀랍게도 그것은…… 선배의 얼굴이었다.

나를 이 섬까지 이끈 장본인이자 연구소에 일자리를 제안했던 선배.

'자세한 건 기밀이라 계약 후에나 설명해줄 수 있어. 그동안 네가 발표한 논문들을 모두 살펴봤어. 일을 바로잡으려면 네가 지금껏 쌓아온 경험과 능력이 절대적으로 필요해.'

언젠가 선배가 내게 했던 말들이 생생히 되살아났다. 병실에서 깨어난 이후로 수많은 일들을 겪고 감당하느라 선배의 존재에 대해서는 까맣게 잊고 있었다. 왜 좀 더 빨리 그 사실을 깨닫지 못했을까? 여기가 바로 선배의 연구소일 터였다.

그러나 의사가 선배라니, 그게 가능할까?

머릿속에서 겨우 자리를 잡아가던 퍼즐 조각들이 와르르 무너져 내렸다.

아내가 복제되던 모습을 목격하던 것만큼이나 충격적이었지만 받아들이기엔 너무 복잡했다. 의식은 그동안 겪었던 것들과 지금 발견한 사실 사이의 모순을 찾아 헤매며 무섭도록 번득였다.

작업대에서는 로봇 팔들이 분주하게 움직이고 있었다. 눈, 코, 입을 갖춘 한 사람이 완성되기 직전이었다. 나는 멍하니 그 모습을 바라보았다. 감은 눈꺼풀을 들어 올릴 수 있다면 누구나 그를 나라고, 살아있는 사람이라고 믿게 될 것이다. 만일 내 기억을 심는 데까지 성공한다면…….

그러나 지금은 그 생각을 한쪽으로 밀어놓고 눈앞의 상황에 대응해야만 한다.

나도 모르게 선배에게로 한 발 다가섰다. 질문은 차고 넘쳤지만 차마 입이 떨어지지 않았다. 이마에서 땀이 흘러내렸다.

어쩌면 아까 환자에게 물렸기 때문에 환각을 경험하는 것인지도 몰라.

그제야 어깨의 통증이 새삼스럽게 느껴졌다. 시간이 지나면 시설을 돌아다니는 그 환자들처럼 변해버릴지도 모른다는 생각에 더럭 겁이 났다. 의식이 없는 시체만큼은 절대로 되고 싶지 않았다.

나는 두 다리에 힘을 주고 주먹을 꽉 쥐었다. 손톱 끝이 손바닥을 파고들었다. 아무래도 좋았다. 고통이 계속되더라도 졸음을 물리칠 수 있기만 하다면. 나는 방독면을 벗고 손등으로 눈을 비볐다. 그러나 선배의 모습은 사라지지 않고 그대로였다.

논리적으로 의사와 선배가 동일인일 수는 없었다. 겉모습만 놓고 보더라도 그들 사이엔 수십 년의 나이차가 존재하니까. 하지만 직감은 속삭였다. 정말로 말이 안 된다고 생각하느냐고. 똑바로 보라고.

나는 두 개이자 하나인 그 얼굴을 차근차근 뜯어보았다. 둘은 놀랍도록 닮아 있었다. 가능성이 있는 설명 몇 가지가 앞을 다투어 떠올랐다. 내가 수십 년 만에 깨어났거나, 내가 정신을 잃은 사이 선배가 급속도로 노화돼 버렸거나, 아니면 시간 이동이 가능해졌거나……

어느 쪽도 말이 되지 않는 것 같았다. 가슴이 답답했다. 선배가 정말 나와 아내를 위험에 빠트린 의사일까? 의사는 지금까지 나를 아예 모르는 사람처럼 취급하지 않았던가! 생각이 깊어질수록 늪 속으로 빨려 들어가는 기분이었다.

"넌 나쁜 꿈을 꾸고 있는 거야."

의사, 아니 선배가 말했다.

"그럴 리가…… 없어."

나는 몸을 떨었다.

모든 게 뒤죽박죽이었다. 꿈과 현실의 경계가 이렇게 희미해졌다간 앞으로는 무엇이 실제 세계이고 무엇이 내 머릿속 세계인지 구별할 수 없을지도 모른다. 나는 간신히 총구를 선배에게 겨누었지만 모든 비밀을 해결하기 전엔 한 발도 쏠 수 없었다.

그 사실을 알고 있는 건지 선배는 자신의 몸을 지킬 만한 무기가 없는데도 여전히 느긋했다.

"나를 섬으로 불러들인 이유가 뭐지?"

더 이상은 내버려둘 수 없었다.

발바닥이 축축해지고 있었다. 이미 부츠 속으로 스며든 물이 계속해서 수위를 높이고 있었다. 제때 작업실을 빠져나가 지상으로 올라가지 않으면 목숨이 위태로울 것이다.

"생각이 났나 보군. 어디까지 떠올린 건지는 몰라도."

눈앞이 뱅뱅 돌았다.

뱃속이 뒤틀렸다.

선배의 모습이 자꾸만 여러 겹으로 갈라졌다가 합쳐지길 반복했다.

달칵, 하는 소리가 났다.

"모든 걸 다시 시작할 수 있다면, 굳이 그러지 않을 이유가 있을까?"

의미를 알 것 같기도 하고 모를 것 같기도 한 말이었다.

선배가 스스럼없이 바로 내 앞까지 접근해왔다.

방아쇠를 당기려 했지만 손끝이 계속 헛돌고 있었다. 눈에 보이지 않는 자그마한 톱니바퀴가 서로 맞물리면서, 하나의 거대한 결론으로 나를 이끌어가려 하고 있었다. 하지만 그 끝에 뭐가 있을지 두려웠다.

그때 출구 쪽에서 금속이 우그러지는 소리가 났다.

발돋움을 하자 클린룸의 문이 압력으로 인해 잔뜩 부풀어 있는 모습이 보였다. 몇 초 지나지 않아 문이 부서지듯 떨어져나가면서 거대한 물살이 한꺼번에 밀고 들어왔다.

선배와 나는 누가 먼저랄 것도 없이 기계 위로 기어 올라갔다.

물살은 포말을 일으키면서 휘돌았고, 빈 공간을 남김없이 파고들었다.

몇몇 기계에서 픽, 하는 소리가 났다. 합선이 된 모양이었다. 잔불꽃들이 피어오르기 시작했다. 전선을 타고 이곳저곳으로 번지려던 불꽃은 그러나 곧 물에 잠겨버렸다. 최대한 그쪽과 멀어져야만 한다. 나는 기계들 위를 건너뛰었지만 금방 내디뎠던 자리마저 잠겼다.

천장으로 올라가는 가느다란 파이프를 붙들고 물살에 휩쓸리지 않도록 하는 게 유일하게 할 수 있는 일이었다. 천정이 높다는 사실이 그나마 다행이었다. 하지만 시간은 얼마 남지 않았다. 작업실에 다른 출구가 없다면 클린룸을 통과해서 비상계단 쪽으로 헤엄쳐야만 할 것이다. 빠져나가는 시간은 적어도 오 분은 예상해야 했다.

바닥에 고인 물은 어느새 기계들과 작업대, 새로운 나의 복제인간마저 잠식한 뒤였다. 시간이 흐르자 문 안으로 밀고 들어오던 물살은 기세가 다소 꺾이는 듯했다. 그러나 수위는 여전히 위협적이었다.

물살이 들이닥치던 입구가 눈에 들어왔다. 눈앞이 뿌옇게 변하면서 팔다리의 힘이 서서히 풀려나가고 있었다. 계단까지 가는 도중에 의식을 잃거나 감전이라도 된다면 그대로 익사할 수밖에 없을 것이다. 그래도 위험을 감수해야만 했다.

나는 심호흡을 하고 잠수를 했다. 그리고 발바닥으로 물을 차올리며 나아가려는 순간, 누군가가 발목을 꽉 붙들었다.

손에 들고 있던 총은 물살에 떠밀려 저만치 멀어지고 있었다.

힘없이 몸이 끌려가려는 직전에 두 팔로 파이프를 껴안았다.

파이프에 의지하여 붙들린 자리를 여러 번 뿌리쳤다. 선배는 물귀신처럼 매달렸다. 파이프가 힘없이 뒤흔들렸다. 마지막 힘을 다해 강하게 얼굴에다 발차기를 날리자 둔탁한 느낌과 함께 겨우 발목이 풀려났다.

나는 수면 위로 머리를 내밀고 날숨을 토해냈다. 젖은 유니폼이 거추장스러웠다. 이제 수면과 천정 사이는 고작 일 미터 정도의 간격만이 남아 있었고 그마저도 빠르게 줄어들고 있었다. 3미터쯤 뒤편에서 고개를 내민 선배가 나처럼 호흡을 가다듬고 있었다.

나는 유니폼의 소매를 끄집어 당겼다. 유니폼에서 완전히 벗어났을 때였다. 내 위치를 확인한 선배가 이쪽으로 헤엄쳐 다가오기 시작했다.

나는 숨을 크게 들이마신 뒤 물속으로 들어갔다.

어디선가 귀가 터져나갈 것 같은 폭발음이 들렸다. 산산 조각 난 뜨거운 파편들이 수면 아래로 고스란히 전해져 왔다. 온몸이 따가

웠지만 지금은 상처를 챙길 때가 아니었다. 나는 두 팔을 휘저으며 앞으로 나아갔다.

클린룸까지 다다르자 속력이 느려졌다. 문을 통과한 뒤 수면으로 고개를 내밀려는 순간 다시 한 번 발목이 붙들리는 느낌이 났다.

날갯죽지에 뭔가가 박혔다. 반사적으로 몸을 휙 틀면서 그 자리를 더듬었다. 끝까지 박혀버린 메스의 칼자루가 만져졌다. 등 뒤를 손으로 더듬어 메스를 뽑아내자 울컥울컥 피가 새어나오는 게 느껴졌다.

선배가 어느 틈엔가 내 눈앞에 있었다. 그가 내 왼쪽 어깨를 붙들었다. 반대쪽 메스가 들린 손목도 마저 붙들려고 버둥거렸다.

나는 그의 얼굴을 손바닥으로 움켜쥐고 그대로 메스를 박아 넣었다. 선배가 발버둥을 쳤다. 숨이 가빠왔지만 놓아줄 수 없었다. 절대로 빠져나갈 수 없도록 손에 힘을 단단히 주었다.

선배가 몸부림을 치면 칠수록 메스는 더욱 깊숙이 박혀들었다. 나는 온힘을 다해 목덜미를 그어 내렸다.

피가 눈앞을 붉게 물들였다.

그의 몸이 부들부들 떨리더니 축 늘어졌다.

더 이상 지체할 시간이 없었다. 선배를 놓아주고 마지막 들숨을 위해 수면 밖으로 나왔다. 천장이 머리에 닿았다. 비상계단이 아득하게 보였다. 위층까지는 아직 물에 잠기지 않은 듯했다.

또 한 번의 잠수가 남아 있었다. 나는 이를 악물었다. 아직까지 정신을 잃지 않도록 도와주고 있는 통증이 고마울 지경이었다.

그 때 다시 한 번 어깻죽지의 상처가 벌어졌다.

나는 길게 비명을 질렀다.

상처를 파고든 것은 전기충격기였다.

전원이 나간 화면처럼 눈앞의 광경이 순식간에 검어졌다. 귓속에서 세찬 물소리가 들렸다. 나는 이것이 마지막이기를 바랐다.

14

"보시다시피, 부활 후 10일간은 정상적으로 의식과 신체가 움직입니다. 하지만 나머지 10일간은 의식이 사라지면서 급속도로 신체 노화가 진행됩니다. 부활 후 21일차가 되면 신체는 완전히 붕괴합니다. 즉, 부활은 불가능하며 이 실험은 실패입니다. 제어코드를 그대로 살리면서도 신체 노화가 되지 않는 신종 백신을 개발한다면, 얘기가 달라질지도 모르지만……."

***

어둡고 캄캄한 병실. 뭔가가 썩어가고 있었다. 한때 살아있었던 무엇. 내 몸인지 아니면 다른 생물인지 모를 무엇.

콧속으로 파고드는 그 냄새 때문에 어지러워서 더는 버틸 수가 없었다. 일어나려고 했지만 그러지도 못했다. 손목과 발목이 침대에

묶여 있었다. 나를 내려다보는 요원의 시선이 느껴졌다.

"선배를…… 만나게 해줘."

목이 찢어질 듯 아팠다. 숨을 쉴 때마다 몸 속에서 벽돌이 부서져 내리는 것 같았다. 요원이 고개를 저었다.

병실에 갇힌 지 며칠이 지났는지 알 수 없었다. 마지막으로 아내의 얼굴을 본 적이 언제였는지도. 무엇보다도 물이 간절했다. 마지막으로 목을 축인 게 언제였는지 기억이 아득했다. 더는 인간이 아니라, 복제인간이 되었음에도 인간적인 고통이 남아 있다는 사실은 아이러니했다.

요원은 손발의 족쇄가 단단한지 확인한 다음 곧장 등을 돌려 병실 밖으로 걸어 나가려 했다.

"하겠다고 해."

요원의 발길이 멈췄다.

"소장을 호출해서, 백신을 완성하겠다는 말을 전하라고."

***

"선배, 이것으로 증명됐어. 백신을 맞은 지 10일이 넘었고 상태는 정상이야. 원한다면 계속해서 만들 수 있어."

"코드는 어디 있어?"

선배이자 의사이자 남자가 말했다. 나는 자판을 두들기던 손을 멈췄다.

유리벽 너머에서 돌아다니고 있는 저 환자는 아무것도 모른 채로 서성거리며 눈물을 흘리며 누가 와주길 고대하고 있었다.

그러나 방음벽 덕분에 그가 뭐라고 말하는지는 전혀 들리지 않았다. 그는 환자복을 입고 판토마임 연기를 하는 배우처럼 보였다. 그는 자신이 어떤 존재인지도 아직 모르고 있었다.

"약속대로 원본부터 돌려줘. 아내의 원본."

"코드부터 제공해. 네가 나를 배신한 게 몇 번인지를 생각해보라고."

그가 말했다.

"앞으로는 저항하지 않을게. 얌전히 연구소에 남아서 선배를 도울게. 그러니 아내를 밖으로 내보내주기만 해. 기억은 싹 지워버리면 되잖아. 이 섬에 왔던 기억을 지우고, 집으로 돌려보내는 거야. 어차피 아내의 복제인간이야 회수하면 그만이니까. 선배는 원하는 걸 계속해서 얻을 거야. 그 정도 사소한 기회를 주는 건 선배한테 아무것도 아니겠지. 모든 건 선배의 이름으로 발표될 거야. 나는 그림자로 살 수 있어. 아내가 무사히 집으로 돌아갈 수만 있다면."

그는 잠시 생각에 잠겼다. 결코 나쁘지 않은 제안이었다.

저런 제안을 내놓기까지는 수많은 밤이 필요했지만, 나는 예상외로 인내심이 강한 사람이었다. 나에게도 사소한 기회가 주어진다면 선배가 있었다는 사실조차 잊어버리도록 훨씬 이전의 기억만 남기고 싶었다.

"이제 백신을 통해 선배의 노화도 되돌릴 수 있을 거야."

　　　　　　　　　　***

"생각보다는…… 간단하군."

나는 실험실의 침대 위에서 눈을 뜬 선배, 아니 나에게 말했다. 복제인간은 어리둥절한 표정으로 누워 있다가 자신의 팔목을 붙들었다. 방금 백신을 주사한 자리였다. 바늘에 찔린 고통을 뒤늦게 알아차린 모양이었다.

"어떻게 된 거지?"

그가 물었다.

선배와 똑같은 얼굴.

증오스러운 그 얼굴을 찢어발기는 상상은 너무도 익숙한 것이었지만 끝까지 냉정하지 않으면 안 된다. 나는 그에게 요원들이 입는 유니폼과 방독면을 눈짓으로 가리켰다. 그가 옷을 입기 시작했다. 뇌 보관함에서 선배의 뇌 그리고 나의 뇌가 나란히 놓인 채 살아있는 것처럼 움직이고 있었다.

그는 옷을 모두 입고 난 뒤 침대에 반듯이 앉아 다음 지시를 기다렸다. 그거야말로 선배가 꿈꾸고 바라는, 제어가 가능한 복제인간의 모습이었다. 나는 몸을 기울여 그의 귀에 속삭였다.

"네 겉모습은 소장이고, 네 기억은 내 것이야. 넌 이제부터 눈, 코, 입이 없는 요원 노릇을 해줘야 돼. 앞으로 네가 할 일은 코드를 심어뒀으니 그대로만 움직여. 지금부터 1분 내로 해야 할 일은, 나를 기절시켜서 머릿속 기억을 지우고 병실로 옮겨놓는 거지."

***

하나. 소장만이 출입 가능한 통제실의 보안을 뚫고 잠입하여, 쓸 만한 정보를 모은다.

둘. 원본의 존재 여부, 위치, 해제 방법을 알아낸다.

셋. 시설 내 모든 출구의 위치와 문 여는 방법, 시설 밖 철책을 뚫을 방법을 파악한다.

넷. 정전을 일으켜서 환자들 진원이 탈출할 수 있도록 스위치보드를 장악한다.

다섯. 요원들의 무기를 확인하고 은밀하게 무력화한다.

여섯. 시설 내 수로의 배치를 파악하고 최하위 지하 2개 층의 수로를 파괴할 방법을 찾는다.

일곱. 방독면을 착용한다.

여덟. 마지막으로…….

15

일어나.

누군가가 귀에 대고 속삭였다.

일어나야 해, 지금 당장.

나는 눈을 떴다. 눈을 떴음에도 불구하고 한동안 아무것도 보이지 않았다. 심해에서 막 수면 위로 올라온 사람처럼 속이 울렁거렸다. 손바닥으로 눈두덩을 번갈아가며 눌렀다. 숨을 쉬는 게 너무 힘들었다.

"여보, 일어났어?"

침대 옆 의자에 앉아 엎드려 있던 아내가 부스스한 얼굴로 고개를 들었다. 방 안에는 노을인지 여명인지 모를 태양빛이 넘실거렸다. 베란다에서 파도의 철썩거리는 소리가 아련하게 들려왔다.

"어떻게……."

나는 간신히 입을 열었다. 이마를 누르고 있는 미지근한 물수건이 느껴졌다. 아내가 일어나서 물수건을 치워주었다.

"숙소로 돌아오자마자 갑자기 정신을 잃었잖아. 내가 얼마나 놀랐는지 알아?"

뭐가 어떻게 된 것인지 알 수 없었다. 잠시 멍하니 천장을 바라보며 지난 일들을 돌이켰다. 분명히 정신을 잃기 전까지 물속에서 선배와 격투를 벌였다. 손에는 선배의 목덜미를 그었던 감각도 고스란히 남아 있었다.

어깻죽지. 메스에 찔린 그 자리는 어떻게 됐지? 나는 몸을 덮고 있는 이불을 들추고 등을 더듬었다.

"왜 그래?"

이상한 일이었다. 상처가 있어야 할 자리는 멀쩡했고, 통증도 전혀 없었다. 이번에는 소매를 끄집어내려 환자에게 물렸던 어깨를 살펴보았다. 역시 다친 적이 없었던 것처럼 매끈한 피부만이 눈에 들어왔다.

"당신은 괜찮아?"

나는 아내의 손목을 꽉 붙들었다. 따스한 온기가 전해져왔다.

"괜찮지, 그럼. 당신 좀 이상하네."

아이의 안부도 물으려다가 나는 입을 다물었다. 차마 그 질문을 할 용기는 없었다. 지금은 무사한 아내의 모습을 확인한 것만으로 안심이었다. 그러나 곧이어 무시무시한 현실감이 온몸을 옭죄어 왔다.

"병원은? 선배는 확실히 죽었어?"

"뭐라고?"

아내는 말문이 막힌 듯했다.

"선배가 죽다니. 그런 무서운 말을 왜 하는 거야?"

"아직…… 살아있다는 거야?"

"그 선배는 당신하고 연락하는 거 아니었어? 어제 점심 식사도 같이 했잖아."

도저히 영문을 모르겠다는 표정으로 아내가 반문했다.

"이 식은땀 좀 봐. 당신, 그렇게 몸이 안 좋은 거야? 어차피 내일 아침에는 여길 떠날 테니 오늘밤만 잘 넘기면 돼. 이 섬에는 병원 같은 게 없을 텐데……."

아내는 걱정스러운 얼굴로 나를 바라보며 물수건으로 이마를 닦아주었다. 차가운 수건의 느낌이 생소하게 다가왔다.

뭐가 어떻게 된 것인지 정리가 되지 않았다. 바람이 불어들어 머리카락이 흐트러졌다. 바람에는 햇살의 반짝거림과 바다 특유의 소금기가 섞여 있었다.

나는 폐부 깊숙이 숨을 들이마셨다. 어쨌거나 위험한 상황이 지나간 것만은 틀림없는 사실이었다. 다시 평온한 일상으로 되돌아왔다고 생각하자 마음이 서서히 누그러졌다.

몸이 정상적으로 돌아오게 되면, 집으로 돌아가게 되면, 치료를 받으면 좀 더 생각이 정리될지도 몰랐다. 바깥에서 들려오는 파도소리가 기분을 북돋워주고 있었다.

"배는 안 고파?"

"해변에서 산책을 좀 하고 싶어."

"뭐 좀 먹어야지."

"다녀와서 먹자."

"일어나서 걸을 순 있겠어?"

"봐, 나 멀쩡하잖아. 그냥…… 악몽을 좀 꿔서 그래."

아내가 피식 웃었다. 한결 얼굴이 밝아진 아내가 서둘러 외출 준비를 했다.

우리는 호텔을 빠져나와 바로 근처에 있는 모래사장을 걷기 시작했다. 땅거미가 어둑어둑 깔리고 있었다. 태양이 하루의 일과를 마치고 수평선 아래로 천천히 잠겨가고 있었다. 비로소 지난 여행의 기억이 어슴푸레하게 되살아났다. 그때와 똑같은 풍경 속을 아내와 함께 걷고 있었다.

"잠시 쉬었다 가자."

아내가 해안선 안쪽에 놓인 나무 등걸을 가리켰다. 파도에 나무 껍질이 모두 떨어져 나가고 하얗게 몸통이 드러나 있는 나무 등걸은 내가 기억하고 있는 그 모습 그대로였다. 우리는 거기에 앉아 한동안 노을을 바라보았다.

아내가 내게 몸을 기대왔다. 그러자 오싹한 기분과 함께 모든 기억들이 거짓말처럼 되살아났다. 퍼즐들이 모두 모여 하나의 그림이 완성되었다. 몇 년 동안 그 병원에 감금된 채 겪었던 모든 일들을 낱낱이 떠올랐다.

"연구소 일은 맡을 거야?"

내 기억이 되살아났음을 알고 있기라도 한 것처럼 아내가 질문했다. 심장이 철렁했다.

"아니! 거절할 거야."

"왜?"

아내는 놀란 눈치였다. 노을로 벌겋게 물든 내 얼굴을 들여다보았다.

"정말 이상하네. 어떻게 한순간에 마음이 그렇게 뒤집혀? 어제까지만 해도 확신에 차 있었잖아. 선배도 적극적으로 돕겠다고 약속했고. 우리 가족, 새로운 곳에서 새롭게 출발하면 좋잖아."

"당신과…… 아이를 보호하기 위해서야."

"아이?"

아내의 눈이 휘둥그레졌다.

"이제 막 말하려고 했는데. 당신이 어떻게 그걸 알았어?"

"그냥…… 그냥 알아."

뭐라고 설명해야 좋을지 알 수 없었다. 아내는 아쉬워하는 기색이었지만 다시 내 어깨에 몸을 기대왔다. 나는 아내의 아랫배에 가만히 손을 가져다 댔다. 기다렸다는 듯이 아이의 움직임이 전해져왔다. 분명한 태동이었다.

"진짜 악몽을 꿨어."

나는 아내를 끌어안고 다독였다. 아내가 숨을 들이쉬고 내쉴 때마다 희미한 향기가 났다.

"꿈에서 나는 선배가 하는 연구소에서 일을 시작하기로 하고, 우리 가족은 섬에 이사를 오게 돼. 그런데 한창 적응이 되어갈 무렵 우연히 선배의 비밀을 알게 되었어. 선배는 사람들을 납치하고 있었어."

"뭐?"

"알고 보니 비밀리에 재단 측의 지원을 받고, 시체들의 생체정보를 복제하는 방식으로 인간을 부활하는 실험을 감행하고 있었던 거지."

아내가 답답한 듯 나를 바라보았지만 나는 고개를 저었다. 아내는 마지못해 고개를 끄덕여보였다.

"그런데 문제가 생긴 거야. 처음에 복제에 성공해서 정말 멀쩡하게 부활했던 사람들이 갑자기 병증을 보인 거지. 하지만 다행히도 그 시기가 지나면 자연스럽게 신체 붕괴가 시작돼."

"붕괴?"

"다시 죽는 거야. 원래 죽었어야 할 몸이기도 했고."

아내의 어깨가 조금씩 들썩이기 시작했다. 나는 잠시 숨을 돌린 뒤 말을 이었다.

"하지만 선배는 포기를 못 했어. 백신을 발견해내기만 하면 병증을 막고 부활에 성공할 거라 믿었지. 백신은 이미 상당 부분 완성돼 있었지만 결정적인 부분은 해결을 못 하고 있었어. 선배는 내가 그걸 완성해주길 바랐어. 납치된 사람들까지 있다는 걸 알게 되고 연구소를 빠져나오려고 했지만…… 붙들려서 협박을 받았지. 어쩔 수 없이 선배를 도와 백신을 완성했지만 연구소에서 내보내주지 않았어. 오히려……."

속에서 울컥하는 기운이 솟구쳐 올랐다. 선배는 오히려 아내를 인질로 삼았다. 아내를 죽이고 복제인간을 만들어내면 내가 백신을 개발할 수밖에 없다고 생각했던 것이다. 그러나 그 사실을 입 밖으로 꺼낼 수는 없었다.

아내가 죽은 후, 나는 시설을 완전히 없애기 위해 선배 몰래 선배를 닮은 복제인간을 만들었다. 그를 통해 모든 걸 해결하려고 했다. 하지만 지금 이 상황에 어떻게 되돌아와 있는지는 의문이었다. 이건 내 계획에 없었다.

"당신, 그런데……."

더 말하려던 그때 누군가가 저만치서 손을 흔들며 다가왔다. 아내가 자리에서 일어나 그쪽으로 몇 발짝 내디뎠다.

역광 때문에 그가 누군지 알아보기 힘들었다. 도대체 누굴까? 그러나 아내를 따라 자리에서 일어서는 순간, 나는 그 자리에서 굳어버렸다. 아내의 발목 뒤편에는 놀랍게도…… 일련번호가 찍혀 있었다.

'모든 걸 다시 시작할 수 있다면, 굳이 그러지 않을 이유가 있을까?'

선배의 말이 귓가에 되살아났다.

그럴 리가 없어.

온몸이 떨렸다. 이 모든 게 정말 현실일까, 아니면 꿈일까?

꿈이라면 어디서부터 어디까지가 꿈인 걸까? 달아날 수만 있다면 그러고 싶었지만 그럴 수가 없었다.

아내가 곁에 있다.

이대로 아내와 함께 있기 위해서는 아무것도 확인하지 말아야 한다. 그냥 모든 것을 내버려둬야 한다. 그러나 나는 이를 악물고 고개를 숙였다.

운명으로부터 벗어날 수 없다는 걸 체념한 것처럼 발목을 확인했다.

핏빛 노을 속에서 검은 문자가 번득이고 있었다.

[30-0009-A]